醫拯天下

之1 藝高膽大

趙奪 著

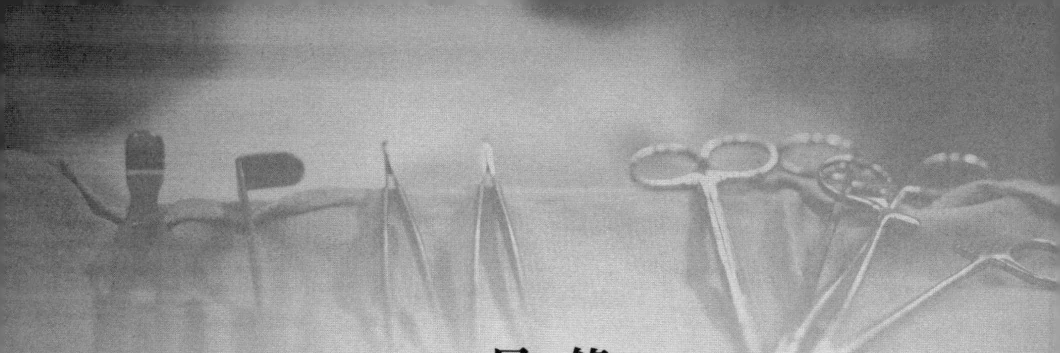

目錄
CONTENTS

第一劑

冒牌醫師的手術

這是手術中最難的一步，也是趙燁二十年人生中所面對最難的一關！趙燁閉上眼睛，過了好一會兒，手中的手術刀如柳葉般，輕輕飄落。
動脈瘤隨著刀尖劃過而剝落，這一刀的精準堪稱教科書級別，準確而完美的一刀。這一刀贏得滿堂喝彩，剛剛對教授有所懷疑的人此刻都打消了疑慮。
趙燁這一刀贏得了大家的尊敬，同時也給了自己巨大的信心，接下來的一切都很順利，替換人工瓣膜，疊瓦縫合……
然而，在他縫合完主動脈的最後一針時，他突然停下了手中的動作……

手術是件很神秘的事情，無論對普通民眾還是實習醫生，都是一樣的。

趙燁雖然學習了五年的臨床醫學，可是真正的手術卻一次也沒觀摩過，當然，錄影中的不算，給動物做手術也不算。

激動的趙燁在等待觀看一台公開的手術，手術的過程可以在巨大的隔音罩外面觀看，細微的手術過程通過視訊直播。

慕名來觀看手術的人擠滿了看台，趙燁這種沒有地位的實習生只能站在最後面，不過即使是這樣，他也很滿足了。

然而上天似乎並不想滿足趙燁這小小的願望，等待了將近半個小時以後，那位傳說中的教授竟然還沒出現。

雖然觀摩室裏裝有中央空調，但是這擁擠的空間還是讓人覺得氣悶，很多沒有耐心的人已經準備離開了。

「走了，走了。什麼破教授，我看又是一個騙子，臨陣脫逃了。」有人小聲嘀咕著。

「不會吧，我聽說這位王教授是我們長天大學醫學院走出去的，厲害得很，怎麼會沒來？難道半路出事了？」

……

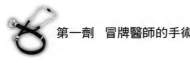

一會兒，觀摩台變成了比菜市場還嘈雜的地方，都說女人比鴨子還要吵，這群穿著白大褂的男醫生比女人還要鬧。

趙燁安靜地站在一旁，他並不關心那教授是不是在半路被狗咬了，又或者因爲其他的事情耽擱了。

此刻，趙燁眼中只有手術台上那個已經全身麻醉的病人，正等待著開刀，等待著救命的病人……

哎！趙燁終於看不下去了，悻悻地走出觀摩室，向醫院外走去。他剛走到前台，電話聲乍然響起，趙燁掃了一眼，發現前台竟然沒人，難道護士也去觀摩室啦？

趙燁搖著頭走過去，接起電話，懶洋洋地說：「喂？」

「你好，我是王教授，今天要來你們醫院做手術的。因爲飛機誤點，所以我可能要晚到三個小時……」

後面的話趙燁再也沒聽清，腦海中交替閃現出躺在手術室的患者和三個小時。趙燁突然靈機一動，醫院裏沒人認識王教授，而且醫院裏也沒人認識我，如果我說我是王教授的話……

麻醉師與護士在漫長的等待中幾乎要睡著了，如果不是有那麼多人在觀摩台上觀看，如果不是那位教授要來手術，恐怕他們早就支持不住了。

這個時候，他們甚至比病人家屬還希望手術早點結束，這是一台大手術，最少要四個小時，按照正常的時間，他們還能趕上一個慶功宴，而現在，誰也不清楚這手術到底什麼時候能做完。

或許是眾人的祈禱起了作用，又或者是上天憐憫痛苦的病人，手術室的自動門終於打開了，門後站著一位身材偉岸，穿著墨綠色手術服的醫生。

人們看不清手術帽和口罩下的面容，可誰都知道，這個人應該就是那位姍姍來遲的教授。

手術觀摩台上安靜下來，手術室中的護士與麻醉師也打起了精神，無影燈聚焦在病人的胸前準備開刀的位置。

手術台上，病人的生命掌握在手術者的手中，哪怕醫生手指輕輕一抖，病人都可能因此而送了性命。當然對於知名教授來說，不可能出現這種低級的失誤，葬送病人的性命，但眼前這個教授卻有點讓大家看不懂，甚至為他擔心。

首先他持刀的動作很不標準，對病人胸部切口也很業餘，甚至有很多觀看的醫生都覺得自己比這個教授強。

對此又是一陣議論，他們甚至覺得這個教授沒有睡醒，或者沒有盡力。他們不知道的是，這已經是手術者所能做到最好的了。

這位穿著墨綠色手術服的手術者並不是什麼教授，他不過是一個實習醫生。他就是趙燁，第一天到醫院的實習醫生，第一次上手術台的實習醫生。

手術不是兒戲，上手術台前他考慮了很久，他沒給活人做過手術，哪怕是最簡單的闌尾炎手術。

但這不代表他不瞭解這個手術，趙燁來觀看手術之前，曾經仔細研究過這台名爲Bentall的手術。

病人是位動脈瘤患者，手術中需要切開胸腔，暴露心臟，將動脈瘤切除，然後將主動脈瓣膜替換成人工瓣膜，再對心臟進行修補，這是一台超高難度的手術。

趙燁在手術錄影上仔細觀摩過，也曾在動物身體上、屍體標本上操作過。

但在活人身上是另一回事，他不能不緊張。趙燁只是一個實習醫生，他連進手術室當助手的資格都沒有。此刻，他卻作爲主刀醫生站在手術台前。

緊張是難免的，然而這緊張卻是暫時的，沒過一會兒他就完全投入到手術當中，他忽略了看台上的醫生，忽略了眼前的病人，忽略了自己還是一個實習醫生。

雖然握著手術刀的手還略顯生疏，術者的額頭掛滿緊張的汗水，手術卻順利地進行著。

隨著手術順利地進行，觀看的醫生們漸漸打消了對術者的疑慮，他們覺得趙燁就是那個教授，除了對他的手法生疏略有不解以外，其他倒沒有任何疑問。

真正的手術很艱難，即使平時看的錄影再多，練習準備得再充分，也不能完全勝任手術。

哪怕是天才，是天生的術者！

趙燁的手術刀在動脈瘤前停住了，面對動脈瘤他不知道從哪裏下刀。主動脈是人體最重要的大血管。

這一刀下去，不僅要將動脈瘤切乾淨，還要儘量保留血管，以保證病人能恢復健康。否則即使術後病人能夠清醒，這個手術也是失敗的，因爲如果手術對病人損傷太大，病人也活不了多久。

此次手術要做的就是切開動脈瘤，保留後壁，用人造血管接合上、下端切口。然而說起來容易，做起來卻很困難。

這是手術中最難的一步，也是趙燁二十年人生中所面對最難的一關！趙燁閉上眼睛，過了好一會兒，手中的手術刀如柳葉般，輕輕飄落。

動脈瘤隨著刀尖劃過而剝落，這一刀的精準堪稱教科書級別，準確而完美的一刀。這一刀贏得滿堂喝彩，剛剛對教授有所懷疑的人此刻都打消了疑慮。

趙燁這一刀贏得了大家的尊敬，同時也給了自己巨大的信心，接下來的一切都很順利，替換人工瓣膜，疊瓦縫合……

實習醫生在教授的外衣下順利地將手術完成了一大半，在他縫合完主動脈的最後一針時，他突然停下了手中的動作。

隨後觀摩台上的醫生發現這位教授竟然跑出了手術室，在大家驚異的目光中，手術室的自動門再次打開，一個大腹便便的術者走了進來，然後驚訝地叫喊道：「什麼情況，嚇我嗎？手術怎麼自動做完了？」

隔音罩外面的人當然聽不到他的聲音，但聰明的人已經明白了，這個剛進來的傢伙是真正的教授，之前那位做手術的是假的。

槍手是一個很有錢途的職業，爲了錢途，他們只認錢！考試有槍手，面試有槍手，但是做手術卻沒聽說有槍手。

長天大學附屬醫院卻出現了這樣的怪事，請教授來做心臟手術，竟然弄出了槍手的醜聞。

而且這個槍手極其大膽，竟然在教學觀摩手術中大膽地做完了手術。不過這個槍手的確很有水準，特別是切除腫瘤那一刀，至今還讓人津津樂道。

人們都有獵奇心，這件事成了長天大學醫學院及其附屬醫院的奇談，而且越傳越離譜，甚至有人說槍手是二十年前那位天才醫生的私生子兼傳人。

至於二十年前那位天才醫生，趙燁也聽說過，很傳奇的一個醫生，卻在一次手術失敗後隱退了。

他很想跳出來大喊：「我不是私生子，我是實習醫生趙燁……」當然他不敢，如果他跳出來，恐怕會承擔很大的責任，雖然他做的是好事。

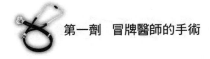

這就是衝動的後果，他能從醫院裏跑出來已經很幸運了，千萬不要被別人發現！這是他每時每刻都在祈禱的。

剛走到學校門口，趙燁看見七八個小販正在圍攻一個新生，那新生沒有父母相送，孤身一人被這些小販逼得連話都說不出，想走也走不開，想給錢走人，又害怕別的同學笑話他第一天來學校就買遊戲。

趙燁身材不算高大，也就一米八多點，卻讓那位被困的新生仰望了好久，覺得他特別高大，覺得他的出場特別華麗，當然那非主流小風衣不算。

「大哥，你賣盜版也有點職業道德行不行啊，這部片子拍得最差勁你們也賣？你可知道你們賣給新生的東西應該是精品，培養他們的鑒賞能力……」

賣電影的小販華麗地敗下陣來。

長天大學裏，老生與新生的差別就在這裏。剛來時，趙燁也被堵在這裏，一句話都不敢說，現在卻能把小販們全都侃得落荒而逃。

「同學，新生吧？對付這群人要有方法，要麼買他們的東西，要麼跟我一樣。」趙燁很自覺地承擔起老生的責任，接過新生的行李，一隻手搭在他的肩膀上：「還沒報到吧？哪個系的，我帶你去。」

剛剛上大學每個人都有幻想，被趙燁救了的俞瑞敏同學，意外自己碰到了英雄，但趙燁那一臉痞子氣，一身非主流小風衣，外加與小販們的對話，英雄形象瞬間被摧毀了。

「不用了，謝謝你了。」俞瑞敏巧妙地躲開趙燁那隻想搭在她肩膀上的手。

趙燁沒注意到俞瑞敏的語氣有些冰冷，依然滿臉微笑：「同學，不用客氣。另外你該鍛煉了，這麼小的行李包你拿著都吃力。」

忽然，趙燁發現有些不對，他用那隻試圖搭在俞瑞敏肩膀上的手指，在俞瑞敏的胸前點了點，沒什麼感覺。

「哎，你這麼秀氣，我還以爲你是女的，真是嚇死我了。」趙燁鬆了一口氣。

「流氓！」俞瑞敏打開趙燁那隻大手，「我本來就是女的。」

趙燁突然覺得自己很無辜，除了身高跟女的差不多，剩下哪有女孩的樣子？

「嗯，十七歲，一米五八，七十二、五十二、七十八，三圍太差勁了，不過這女孩體質特異，腰身輕盈靈活，你看她走路搖曳生姿，曲線玲瓏，不過她發育過爲緩慢，如今還是個童女，按照你們的說法就是還未月經初潮，如果她長起來，那當真是絕世尤物啊！」蒼老的聲音在趙燁背後響起，對於這份評價，趙燁深表贊同，不過很快他又覺得不對。

「小子，想不想跟我學？」

趙燁一直覺得自己看女人的技巧天下無雙，任何女孩，只要他看一眼，就能知道她們的三圍身高等等。

可今天竟然出現了比他更厲害的，趙燁十分不解，當然比他厲害的人肯定有，但是光天化日的，在學校門口這個人流湧動的地方說出這樣的話，那可就不是普通人了。

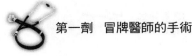

說出這番話的人就站在趙燁的身後，是一位鬢角斑白的大叔，看起來有五十上下的年紀，可身體卻強壯得可以去當健身教練。

趙燁雖然佩服這大叔，但他卻不想跟他學，要不是看這位大叔身體太好，趙燁甚至會考慮把他抓住送到派出所去。把他當變態大叔送進派出所，說不定能弄個見義勇爲獎，領一筆獎金。

不過這大叔身體強壯，看著那一身肌肉，趙燁決定離他遠一點。因爲校門口很多人都聽見了這變態大叔的話，如果趙燁跟他距離太近了，恐怕會被別人當成他的同黨。

趙燁雖然猥瑣，但卻不會猥瑣得這麼囂張，他不過悶騷而已。

從變態大叔身邊逃開後，在學校裏轉了一圈，趙燁突然覺得很迷茫，不知道自己要去哪兒，於是他回到了自己的出租小屋，一個距離學校不遠的地方，這一帶基本都是大學生的出租屋。

趙燁走進自己的出租屋，彷佛全身癱軟一般倒在床上。他回憶著剛剛的手術，他覺得自己剛剛假冒教授實在太大膽了，現在想想都有些害怕。

但想到手術很成功，他又很興奮，畢竟那是一台高難度的手術。

趙燁從被子底下找出那個被他當做枕頭的筆電，在硬碟中找到一個名爲Bentall的影片檔，雙擊。

電腦螢幕上出現的是一段手術的錄影，錄影中的手術設備很舊，手術衣也是老式的，這一切都說明了這影片的古老。

趙燁看著影片，腦海中想的卻是自己在手術室的樣子，經過實踐操作，他對這影片中主刀醫生的技術更加敬佩了。

以前，趙燁覺得這個手術很容易，不就是那麼一刀，那麼一下子，覺得自己也能做到，可今天他上了手術台，親自操作了一次，才發現自己竟然是如此的淺薄和無知。

看跟實踐根本是兩回事，就好像打球的人，你看ＮＢＡ的球星打球，跟自己平時玩差距不是那麼大，或許只有身高的差距，可實際上，如果真把自己放到賽場上，恐怕連球都摸不著。

經過一次實踐，再看一遍影片，趙燁又從中學到很多。或許趙燁有點小天才，但他能完成這個手術更多的是努力。

起碼這部影片他看了不下上百次，他能記住每一個細節，否則他也不敢冒充教授上台。上了手術台，不僅是對自己負責，更是對病人的生命負責。

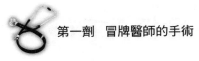

手術並不是那麼簡單好玩的事情，想看看錄影就成爲超級外科醫生根本是不可能的。深知這一點的趙燁，除了看影片以外，他還五年如一日地練刀。

進大學第一天，一位學長神神秘秘地送給趙燁一本書外加幾張光碟。說是長天大學醫學院最厲害的前輩留下來的秘笈。

說是讓他好好學習，無論他有沒有參透，等離開學校的時候，務必把它傳給下一屆新生，這是長天大學一代代傳下來的規矩。

原來，那書竟然記載著各種訓練方法，這個世界上執著的人不多，或者說笨蛋不多，趙燁可以算一個，還好他是一個聰明的笨蛋。

他總結了一下那些訓練方法，然後自己制定了一套訓練計畫。夜深人靜的時候，他偷偷跑到醫學院的實驗樓，偷了一大包手術刀回來，然後開始了他的練刀生涯。

趙燁的出租屋裏只有一處乾淨的地方，那就是廚房，但他的廚房卻不是做飯的地方，廚房不過是一個掩飾，他在廚房裏每天做的事情就是切，割。

先把各種蔬菜切成絲，從一釐米寬到一毫米寬，最後又切丁，切成邊長一毫米的正方形，然後再來一刀變成三角形……

無數個日日夜夜，不知道多少糧食就這樣成爲趙燁的試驗品，然後又變成食物進了趙燁的肚子。

手術是一個複雜的過程，僅僅依靠手術刀是不夠的，除了練習用手術刀，趙燁也做其他的。

比如打手術結，一分鐘打一百二十個手術結。

當然一分鐘打一百二十個並不多，但是趙燁是戴著手套打的，不是一層橡膠手套，是六層。

當人戴著六層橡膠手套的時候，摸東西的感覺就像冬天戴著棉手套，不小心摸了美女自己都不知道。

又或者練習用血管鉗，手術中很多時候會出現血管出血，這時候需要用血管鉗將出血的血管夾住。

為了練習用血管鉗，趙燁每天拿個血管鉗夾螞蟻，速度又快又準。看見的很多人以為趙燁是什麼藥店派來收集螞蟻的，又或者是哪個精神病院跑出來的。

最有意思的一次是很多幼稚園的小朋友，非常崇拜地看著趙燁抓螞蟻看了一個下午，第二天幼稚園出現了一個新遊戲——抓螞蟻……

種種變態練習在一代又一代人中流傳，長天大學醫學院很多人都知道這個公開的秘密。

可真正能堅持練習五年的只有趙燁一個人，真正把這些技術用到手術上的，也只有他一個人！

將筆電中的影片看了一遍又一遍，在廚房練習了一次又一次，躲在出租屋內的趙燁就這樣混了幾天。

他在說服自己，說服自己是熱愛學習、熱愛醫學才在這裏使勁練習的，可實際上他不出屋是因爲害怕，畢竟他冒充了教授，如果事情被別人知道，恐怕不僅是被開除這麼簡單。

出租屋內的生活是單調的，幾天過去以後，趙燁覺得自己已經麻木了，恐懼也消失了。手術的成功讓他有些飄飄然，再加上這幾天的練習，趙燁有些手癢。

這天一大早，他就從床上爬了起來，趙燁決定去學校的實驗樓，去找個可愛的小動物來練練刀。

每一個實習生在走上真正的手術台之前，都是要從小動物身上練起的，小動物包括老鼠、兔子，還有狗。

趙燁覺得自己一點都不殘忍，這些上手術台的小動物雖然會死，但牠們起碼不會死得很痛苦。

在一種名字叫做烏拉坦的痲藥下，牠們永遠都不會再醒過來，比起那些死在火鍋中的同類，牠們無疑幸運很多。

趙燁將他的非主流小風衣掛了起來，希望能用重力作用讓它變得平整些，他換了另一件外套，準備出門。

在他的右腳還沒有邁出門檻的時候，他發現了一個熟悉的身影。

「你怎麼跑到我這裏來了？」其實趙燁更加熟悉這個人的背影，因爲很多時候，趙燁都是看到他的背影，而不是正面。

這位突如其來的來訪者叫王鵬，這也是趙燁一個寢室的兄弟。其貌不揚的王鵬在學校可是很有名氣的，他出名是因爲他是第一宅男，一天二十四小時基本不出去。

他今日能離開宿舍跑到趙燁的出租屋內，並不是想脫離宅男生涯，而是沒有地方可去，因爲宿舍進不去。

「今天借用你電腦一天！工會活動完了就還給你。你要是無聊，可以去附屬醫院走走，聽說有爆炸性的新聞。」王鵬帶上耳麥，登入魔獸世界的遊戲帳號。

「不就是教授找槍手代爲手術麼？難道現在還沒有抓到那個冒名頂替的人？」趙燁有些心虛的問。

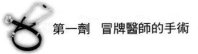

「那個早過時了，根據最新的小道消息，大明星鄒夢嫻住進了我們醫院，我跟寢室裏那群都跑去看了，結果回去才發現誰都沒有帶鑰匙！」

趙燁有些無語，他們寢室從來都不鎖門，因為有王鵬這個宅男在，所有人根本都不需要帶鑰匙。這次連王鵬都出去了，弄得大家都忘記了鑰匙的問題。

趙燁並不屬於某位明星的粉絲，更談不上追星，但鄒夢嫻的名字他還是很熟悉的，因為這女人非常有魅力，要不怎能讓王鵬這樣的宅男都跑去看呢。

王鵬說完以後就不再理睬趙燁，轉身繼續玩他的魔獸世界去了。

趙燁正要轉身離開時，手機響了。

趙燁看了手機一眼，準備掛掉，突然又覺得不對，這個號碼很熟悉，趙燁腦海中浮現出一個肥頭大耳，聰明絕頂的臉。

「喂，任院長！您好您好，有啥事兒您吩咐。」趙燁平靜的聲音下滿是恐懼，一邊說著話，一邊擦著汗，心中不由地想：「這傢伙怎麼知道我去冒充教授，難道這世界上真的有神探？」

「噢，趙燁同學嗎，今年我們院的學生會缺人啊，你看你是不是方便帶大一的新生熟悉校園的環境，同時也在醫院組織一下實習同學的活動，在學生會多幹半年。」

「那個，任院長，我現在已經在實習了啊，醫院現在很忙啊，而且我準備衝刺一下，明年考研究所呢。」

「這個麼，我也是沒有辦法，我覺得你能力挺強……既然你要學習就算了，我聽說你還掛了三門課，而且這兩天實習你也沒去啊。」

「任院長，學校的事情就是我的事情，你要我幹什麼，赴湯蹈火在所不辭。」

「別說得那麼嚴重，其實很簡單，最近我們學院很多學生都跑到醫院去了，嚴重影響了醫院的秩序，我需要你帶一隊學生會的同學們把這些學生趕回來。」

趙燁覺得自己快崩潰了。別人去醫院看美女，自己去當門神，這不純粹是去招人罵麼。

長天大學是所綜合性大學，學校實力在國內算得上中上游，擁有四萬多學生的長天大學中可謂臥虎藏龍。

但長天大學卻沒有美女，不知那位高人曾在校內論壇上發表了一個謎語。說長大的男生打女生，猜一個遊戲的名字。

答案很經典，「反恐精英」。

強人們根據這個又說了一個謎語，長大的女生打女生，還是猜一個遊戲的名字。

答案依舊很經典，「魔獸爭霸」！

當然很多人不服氣這個觀點，特別是長大的女同學們，於是乎大家開始尋找美女，而這美女雲集的地方，醫學院自然要算一個。

長天大學的醫學院雖然實力一般，麻雀雖小卻五臟俱全，影像、護理系、臨床、中西醫結合等等系院眾多。

這其中美女最多的地方就要數護理系了，護士妹妹從來都是男人們永恆的意淫對象，那雪白的制服、性感的護士帽，光是想想就讓人心動。

每當新開學的時候，都有一群無聊人士來醫學院的護理系尋找美女，有色膽的是來尋找目標，沒色膽的是來鎖定未來目標。

年復一年，護理系的同學們甚至都已經習慣了，然而這個學期的秋天，卻發生了一點改變。

改變來源於一個女生，確切的說，是來源於一個貌似男孩的女生。誰也不知道身高不足一百六十公分的俞瑞敏怎麼會有這麼大的力量。

當俞瑞敏要進宿舍的時候，舍監阿姨就大叫，「同學，你化妝太差勁了，當我是瞎子啊！趕緊回你的男生宿舍去。」

俞瑞敏忍住憤怒，將胸膛一挺，表示自己是有胸的！然後拿出證件，大搖大擺的進去了。

然而，當俞瑞敏進宿舍的時候，五個女生中有兩個尖叫，兩個拿武器準備進攻，還有一個正在換衣服的嚇傻了。

於是俞瑞敏生氣了，人們越是拿她當男孩子，她越是不改變自己。她不要爲這個社會而改變，相反，她要改變這個社會，起碼是她周圍的社會。

俞瑞敏找出最男人的衣服穿上，然後每個寢室轉了一圈，於是長天大學醫學院美女最集中的地方，也是整個大學美女最集中的宿舍樓尖叫聲此起彼伏，弄得對面宿舍樓那群牲口們興奮不已。

這還不算，俞瑞敏要讓所有人都知道她是個女生！然而這個學校有四萬多人，她不可能走遍幾十棟宿舍樓，最好的辦法莫過於通過別人的口。

於是那些來護理系尋找美女的牲口們成了她的傳話筒，俞瑞敏拿起掃把，變身成爲護理系美眉們的保護神。

任何人都不許偷窺護理系的宿舍，甚至不許接近，違者掃把伺候！

當天夜裏，長天大學校內的論壇上就出現了俞瑞敏的名字與照片，帖子的標題是，「瘋狂的小爺們，妄圖獨自霸佔所有護理系美眉」。

第一個回帖的人，說了句很奇怪的話：這是我們學校未來的校花！

第二個回帖直接說：早上看到俞瑞敏在校門口買毛片。

隨後的帖子就變成了討論毛片與女生的關係，於是俞瑞敏成爲了大學內第一個公開看毛片的大一女生。

俞瑞敏也看到了這個帖子，她對第一個回帖的人有些好感，畢竟她是女孩子，她喜歡別人說她漂亮，而不是說，這小子挺帥啊！

而對於後面的討論，她覺得自己的世界毀了……

夜深人靜的時候，鬧了一整天，也瘋狂了一整天的俞瑞敏，躺在床上覺得有些寂寞，覺得這個世界距離自己好遠。

她覺得自己很孤獨，沒有朋友，她覺得大學實在是一個沒意思的地方，覺得自己今天很倒楣，而這倒楣的根源，就是早上的那件事。

那個猥瑣的男生，一副老實的面孔，一副猥瑣的笑容。

她覺得自己有點像老巫婆，想要紮個稻草人，然後在稻草人背後寫上那個男生的名字，然後用鋼針使勁的扎啊扎……

睡夢中的趙燁打了一個大大的噴嚏，揉了揉鼻子，嘟囔了幾句誰也聽不懂的夢話，再次進入了夢鄉。

而俞瑞敏這一夜幾乎沒有睡覺，她整夜都在幻想，幻想整治那個猥瑣男，幻想未來美好的大學生活，幻想著自己能有一天變成宇宙超級無敵美女少女……突然她想起來，那個迷倒了全世界三分之二男人的大明星鄒夢嫻，不是在長天大學附屬醫院麼？

於是她那古靈精怪的腦袋開始了計畫……

作爲女人，鄒夢嫻幾乎毫無缺點，美麗、善良、溫柔……人們都說她迷倒了全世界三分之二的男人，另外三分之一的男人之所以沒被她迷倒，是因爲他們還沒見過她，又或者那些男人是同志……

當然人們喜歡誇張，但不可否認的是鄒夢嫻魅力無窮，以至於長天大學附屬醫院的學生們紛紛潛入醫院……

「混蛋的事情都讓我幹了！」趙燁嘟囔著。雖然不願意但也沒有辦法，誰讓任院長找到了他。人在屋簷下，怎能不低頭。

最後跟著趙燁混的新生只有四個人，人少省心啊，好管理啊。可是很快他發現有點兒不對勁，怎麼這其中有一個人這麼眼熟呢？

「學長好，我叫俞瑞敏，大一，護理系。」

趙燁的腦海中冒出一串數字七十二、五十二、七十八，三圍差了點……

俞瑞敏微笑著，她笑得很開心，因為她覺得運氣不錯，終於有機會向這個流氓報仇了！

「你好，同學，護理系的啊，難得見到護理系的男生啊。」

俞瑞敏的好心情開始變壞，陽光的笑臉不見了，晴轉多雲……

曾經有人說自己很傻很天真，趙燁覺得那人根本不懂什麼叫做很傻很天真，只有眼前這個叫做俞瑞敏的女生才真正配得上很傻很天真這個稱號。

「學長……」

「不要叫我學長，我又不是日本人，叫我師兄。」趙燁一臉義正詞嚴。

「師兄，那個無論你吩咐我們做什麼事，我都會義不容辭地去完成任務，您放心地將任務交給我們吧。」

在路上，趙燁還覺得自己撿到了活寶，還覺得很好笑。可是很快他就笑不出來了。

任院長安排下來的任務是阻止學生混入醫院，以免擾亂醫院的秩序，同時又要保證醫學院的實習生能夠正常實習。

可是當趙燁這個真正的實習生準備去久違的科室看看的時候，俞瑞敏就惹出了麻煩。新生們很傻很天真，上級交代的任務，他們都奉爲聖旨，堅決執行。

「我老大就在這裏，不讓你進來你就不能進來！」俞瑞敏一副女混混的樣子，一隻手推開想要混進來的同學，另一隻手指著趙燁。

此刻趙燁有種想死的衝動，被俞瑞敏推開的人年紀在三十歲上下，明顯不是學生，就算留級王子也不會到了三十還是個學生。

可是俞瑞敏就是把他攔了下來，而且還很囂張：「不服啊，我老大可是很霸道的，他脾氣可火暴，趙燁你知道麼？就是我老大，就那個。」

那個被攔住的青年已經生氣了，他氣憤地用手推了推快要掉下來的金絲眼鏡，對俞瑞敏輕聲說：「同學，我是這裏的醫生，趕著去手術室呢。」

本來事情到這裏應該結束了，大一的新生俞瑞敏應該識趣地讓開路。可很傻很天真的俞瑞敏竟然彪悍地說：「別以爲戴了副眼睛就可以裝知識份子，你以爲戴了眼鏡就不認識你了麼？你這模樣就算戴一百副眼鏡也是龜田太郎。同學，你年紀也不小了，找不到女朋友也不要迷戀明星啊，想多了對身體不好，看多了更不好。」

趙燁一眼就認出這個眼鏡男是長天大學附屬醫院的醫生，趙燁還知道他的名字叫錢程，知道他是心胸外科最年輕的副主任醫師，最有前途的年輕醫生。

因此，趙燁無恥地拋棄了自己的小弟，他裝作不認識俞瑞敏，擺出一副事不關己高高掛起的樣子，哼著小曲走開了。

包括俞瑞敏在內的跟著趙燁的四個新人都有一種上當的感覺，感覺自己有眼無珠，跟的老大竟然在關鍵時刻逃跑了。

錢程本來很生氣，打算教訓女孩口中的老大趙燁，可他發現自己沒有目標，他又不能跟一個很傻很天真的女生較勁，於是只能自認倒楣，歎了口氣上班去了。

「學長，你剛剛怎麼臨陣逃脫？」

「這叫戰略撤退，同學。」面對四位小弟的責問目光，趙燁賤兮兮地說。

「那你應該站出來告訴我啊，怎麼丟下我一個人呢？」

趙燁頭腦中冒出一個詞，那就是起義，這幾個傢伙似乎要暴動，推翻他這個小隊長。雖然趙燁不眷戀權利，但如果連四個大一的新生都制服不了，那也太丟人了。

「哎，其實你們不知道，這事不能太當真，雖然是任院長交代的事情。但是，你們要知道，我們是學生，我們來學校的首要目的是學習。其實院長也是這個意思，他明面上是交代任務，實際上他很看好你們，囑咐我帶你們好好學習。」

「那個你們剛剛來學校，也是第一次來附屬醫院吧，我帶你們參觀一下，至於實習生混入醫院的事，我們就先不管了。」

俞瑞敏本來打算讓趙燁下不了台，可她突然發現，趙燁只用一句話，就讓那三個盟友拋棄了自己。

看著三個盟友離去，以及趙燁那張賤兮兮的笑臉，她只能忍氣吞聲，另尋機會。

長天大學附屬醫院是一所大型的綜合性醫院，硬體措施比起國外也毫不遜色。趙燁那幾個小跟班已經看傻了眼，不斷地問這問那。

「師兄，手術室您進去過麼？手術很難麼？」

「還可以吧，手術我也做過。」趙燁說的是前幾天冒充教授的事情，當然他不能明說。其實趙燁對這件事很自豪，但這件事情卻不能說出去。

俞瑞敏看趙燁得意的表情有些不以爲然，覺得他在吹牛。她跟另外三個醫學門外漢不同，俞瑞敏的父親是醫生，她從小可以說是在醫院長大的。

「師兄，帶我們去看看手術室吧。」

「就是，帶我們見識見識。」

趙燁如果帶他們去手術室，那他腦袋一定是燒壞了，雖然大家的注意力都在鄒夢嫻身上，但並不代表沒有人追究假冒教授的事情。

「好了，今天就到這裏，我們還要工作，快點完成任院長交代下來的工作吧。」

趙燁這個無良的學生會小頭目，本來以爲可以輕鬆地管理這幾個又傻又天真的手下，可他發現自己錯了。

惹禍的依然是那個沒發育的女生，或者說是半個女生，俞瑞敏。在趙燁給幾個手下洗腦的時候，這個傢伙不知道從哪裏弄來一個病人。

「師兄，快來救命啊，這個人暈倒了！」瘦弱的俞瑞敏抱著一個渾身是傷，血流滿面的女人。

所有人的目光都集中在趙燁身上，那是一種期盼，一種希望，在幾個新生眼中，趙燁就是他們心中的依靠。

雖然趙燁只是一個實習醫生，但毫無疑問趙燁是眼前醫術最好的人，是唯一有希望救這個可憐患者的人。

雖然白大褂的鈕扣掉了一半，表面也褶皺不堪，看起來好像非主流小風衣。但趙燁凝重的表情卻讓人有一種感覺，那是自信，正直，希望！

病人已經昏迷不醒，很明顯是失血性休克。其次趙燁注意到這個病人面色蒼白，除了失血的原因還缺氧。

病人的鼻子裏全是血，已經喪失了氣道的功能，而且病人呼吸困難，要立刻糾正缺氧的狀態只能依靠口腔。趙燁將患者平放在地上，然後掰開患者的嘴，在緊閉的牙齒後面是一塊血淋淋的東西。明顯是這東西讓病人呼吸困難。

「拿著！」趙燁將那奇怪的東西丟給俞瑞敏，這個貌似男生的女孩差點被撲面而來的血腥氣弄暈。而且貌似膽大的她其實怕血，否則她應該當醫生而不是護士。

趙燁熟練的急救手法，讓幾位小跟班佩服不已，他們甚至將趙燁當成了救世主，然而接下來的事情卻讓他們大跌眼鏡。

解決了呼吸問題以後，趙燁又將患者最大的傷口做了加壓包紮。在幾位小跟班佩服的目光中，趙燁竟然停下手中的動作，扯開脖子開始叫喊。

「救命啊！死人啦！救命啊！死人啦！救命啊！死人啦！」

第二劑

筆的急救妙用

每個醫生身上都帶著一支筆，這支筆除了寫病例以外，還能當做臨時的急救用具。

趙燁將筆芯取出，用力刺向病人的胸部，筆尖精確地從兩根肋骨之間穿過，尖端穿過皮膚，穿過胸肌，刺破心包腔。

由於心包腔內的巨大壓力，血液從筆管中噴湧而出，飛濺的血液噴到了趙燁的臉上，然而他連眨都沒眨一下眼睛。

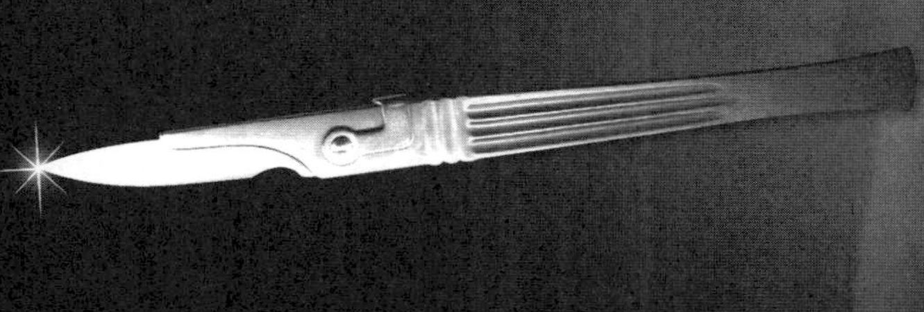

沒人想到趙燁竟然喊救命，所有人都覺得趙燁剛剛表現出來的技巧很高明，覺得他能妙手回春。

記得有一句很經典的話，「我猜中了前頭，可是我猜不著結局……」特別是這樣的結局，所有人都猜不到，一個醫生會大喊救命。

「真是無能，無恥！一個醫生竟然喊救命。」俞瑞敏挖苦道。

「錯！」趙燁反駁，「我是實習醫生，不是醫生！就算我是醫生，我不能救治這個病人我也要喊救命，醫生是救人的，不是害人的，而且醫生也不是萬能的，你難道讓內科醫生去開刀？讓影像科醫生去坐診？讓實習生給病人看病？」

眼前的情況莫說是一個實習生，就算是一個經驗不多的醫生也束手無策。或許是趙燁一開始處理窒息的手法太熟練了，讓大家誤以為他能救治這個病人，這才讓幾個大一新生有些失望。

「救命啊！來人啊！」不知道誰先跟趙燁喊了起來，接著救命聲傳遍了外科大樓這一層病房。

這時趙燁卻停止了呼喊，因為病人的呼吸變得非常不規律，是心包積液，外傷導致心包腔內充滿了血液。

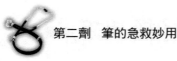

人類的心臟外包裹著心包，如果有大量的液體進入心包，就會造成心包內壓力過大，心臟無法正常收縮，心臟不能收縮，就代表著生命的結束。

然而這個時候，值班醫生依然沒聽到救命聲。

實習生去醫院之前都夢想著能夠救治病人，可通常實習生是不能救治病人的，畢竟他們什麼都不懂，所以老師將實習生送到醫院之前，肯定會告訴他們：在醫院遇到病人病危，千萬不要動手！因爲實習生不過是一群空有理論的菜鳥，不但救不活病人反而可能誤診，甚至耽誤寶貴的治療時間。遇到病人時，實習生要做的就是高喊救命，叫有經驗的老醫生來。

趙燁對此深信不疑，但此刻他卻不得不違背這個準則，因爲如果他不實施急救的話，病人就要死了。

心包腔內充滿了血液，解救方法說起來並不難，只要將心包腔內的血液釋放出去就行了。就像一個氣球，你在水中吹不起來，但在空氣中卻很容易。

說起來很簡單，可做起來很難，多數醫生做心包腔放血是要用B超定位的。

但是這病人是急症，顯然沒時間做B超，只能急救。這樣沒有定位的盲穿是很危險的。

外傷可能導致內臟暫時移位，穿刺很容易傷到其他臟器。同時穿刺時力道不能太大，也不能太小，既要將液體放乾淨，又不能刺破心臟。

而且這種施救方法看上去很嚇人，在外行人看來這根本不是救人，但在醫生的眼中，卻再正常不過。

每個醫生身上都帶著一支筆，這支筆除了寫病例以外，還能當做臨時的急救用具。

趙燁將筆芯取出，用力刺向病人的胸部，筆尖精確地從兩根肋骨之間穿過，尖端穿過皮膚，穿過胸肌，刺破心包腔。

由於心包腔內的巨大壓力，血液從筆管中噴湧而出，飛濺的血液噴到了趙燁的臉上，然而他連眨都沒眨一下眼睛。

趙燁的幾個小跟班都嚇傻了，他們覺得趙燁是在殺人而不是救人！沒人知道趙燁的治療是否有效，在震驚中，值班醫生終於來了。

「你們嚷嚷什麼，虧你們還是學醫的，竟然喊救命！」中年值班醫生不悅地說，然後蹲下來檢查病人。

然而，值班醫生很快就發現了自己的錯誤，這學生對病人的處理手法大膽精細，最難得的是面對急症病人時那份冷靜，要知道趙燁不過是一個實習醫生。

丟人！除了趙燁以外大家都覺得丟人，覺得有眼無珠，竟然跟了趙燁這樣一個老大，不僅什麼都沒學到，什麼都沒得到，反而來這裏丟人。

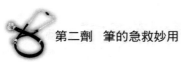

「你，還有你留下，其他人都給我回去！」值班醫生指著趙燁跟俞瑞敏說。

值班醫生已經把病人轉移到急診室了，趙燁跟俞瑞敏兩個人就在病房外等著。

「告訴我，這是什麼東西。」俞瑞敏低聲地問趙燁。她有些不甘心，這個賤兮兮的傢伙不可能這麼聰明。

「真的想知道麼，你可別後悔。」

「有什麼後悔的，反正這東西我也不能扔。」俞瑞敏晃了晃手裏裝著那血淋淋東西的瓶子說。

「海綿組織，男人專屬。」

「啊！」俞瑞敏差點將瓶子扔出去，作爲一個女生，手裏拿著這麼噁心的東西，誰都受不了。

但是她控制住了自己，她將瓶子放在桌上，然後捂著嘴跑到廁所吐去了。

「哈，我說你別後悔，怎麼樣，後悔了吧。哎，不聽老人言，吃虧在眼前。」趙燁得意地說著。

這個患者應該是碰到色魔了，極力反抗下她咬斷了色魔的命根子……然後逃到了醫院。

這不過是趙燁給俞瑞敏的一點懲罰而已，趙燁的人生信條是：我可以整天下人，絕不叫天下人整我！

趁著俞瑞敏去廁所吐的工夫，趙燁決定離開。剛剛他的急救為那個病人爭取了時間，現在，在有經驗的醫生的治療下，那個女人很快就會轉危爲安。

趙燁剛準備離開，突然發現不遠處有一個熟悉身影，那是一個穿著白大褂的魁偉背影。

「站住，哎，你不是這裏的醫生吧？」趙燁快步趕上，拍著他的肩膀。

「這都讓你看出來了，我裝扮得不像麼？哎，竟然是你，難道你回心轉意了，準備拜我爲師了？」

這個被趙燁抓到的，竟然是曾在校門口碰到的大叔，他此時穿著白大褂，一般人很難看出他有什麼不對。

「拜託，大叔，你有點創意行麼？你這白大褂一點兒都不合身，而且還是實習生的衣服，你覺得有你這麼老的實習生麼？」

「就算有你這麼老的實習生，也沒有你這麼老的追星族吧，你來這裏是不是也跟那些無聊的人一樣來看明星的？」

「我？」

「不用狡辯了，大明星鄒夢嫻是年輕人的偶像，你都能當她爺爺了，我看您還是買根冰棒，找個涼快的地方待著吧。」

「我的確不是實習生，但我也不是追星族啊，我更不是那個鄒夢嫻的爺爺，我還年輕。」強壯的大叔似乎更加在意自己的年齡。

「說那麼多都沒用，你給我站住，然後脫下白大褂向後轉，再向左轉，下樓，再左轉，趕緊上三路汽車終點站下。」

「三路汽車終點站是去哪裏？」大叔問。

「市精神病院……」

那位大叔沒生氣，反而嘿嘿地笑了幾聲，然後將白大褂脫下來丟給趙燁，「小子，這都讓你看出來了。算了，我帶你去見那個明星鄒夢嫻怎麼樣？你別趕我出去。」

「沒興趣，我又不認識她，不是她的粉絲。」

「窈窕淑女，君子好逑，這鄒夢嫻可謂人間絕色，你沒有興趣麼？難道你喜歡沒發育的？沒看出來，你竟然有這樣的愛好。」

「行了，少說廢話了，那明星身邊肯定有很多保鏢，就算你找到地方，也見不到她。」

「原來你擔心這個，我還以爲你不是一個正常的男人，這個容易，包在我身上。」

看著大叔邪惡的笑容，趙燁突然覺得自己上了賊船。他剛剛整治了那個給自己找麻煩的俞瑞敏，這會兒竟然又來了一個猥瑣大叔。

「我叫李傑，你可以叫我李叔，小子你叫什麼？」

「我叫趙燁，我看叫你李叔就不必了，叫你老李算了。」

「也行，我叫你小趙，你叫我老李。」李傑高興地道。他忽然停下腳步，趴在趙燁耳邊以不小的聲量說：「看那個護士，極品啊！」

「嗯，我去上個廁所，老李你等我一會兒。」趙燁覺得這大叔神經實在大條，看美女都是偷偷地看，他卻大聲叫喊。

趙燁覺得很頭痛，於是捂著肚子說：「三分鐘，你等我一會兒，離開三分鐘。」三分鐘足夠那個護士收拾變態大叔了。

趙燁從廁所裏出來的時候，發現那大叔不見了，仔細找了一圈，才發現那大叔強壯而又猥瑣的身影，此刻正跟那個漂亮的小護士說話。

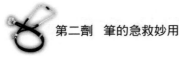

「啊，你喜歡李奧納多的電影，那你一定是摩羯座的，我沒猜錯吧，似乎這個星座的女人都有點色……」

趙燁沒聽見後來他又說了什麼，但他看到那漂亮的小護士臉紅了，然後開始捶打猥瑣大叔。

趙燁覺得這個世界瘋狂了，這麼猥瑣的大叔竟然也能得到漂亮小護士的青睞，而包括自己在內的眾多好男人卻什麼都沒有。

被現實深深打擊的趙燁決定離開，因為那大叔已經忘了來這裏的目的，此刻他正在幸福快樂之中。

「哎，四十七床的病人要打針了，我必須去打針。」正與李傑聊得高興的護士突然說。

「打針這樣的小事還用你麼。」一把拉住護士的手，「那不是有個實習生麼，讓他去就好了。」

李傑說的實習生當然是趙燁，因為這裏只有他穿著白大褂，而且沒有醫生胸牌。

「四十七床，肌肉注射。」護士將針交給趙燁後，又叮囑了一遍：「千萬別讓我失望哦。」

打針、換藥、導尿等等都是護士幹的活兒，醫生根本不做這些，哪怕是實習醫生，但趙燁卻沒法拒絕。因為那大叔在護士身後不停地晃著拳頭，以示威脅。

長天大學附屬醫院的四十七床無論在哪個科室都代表著有錢、有權、病重。這是一個單間，是醫院中死亡人數最高的病房，也是住院費最貴的病房。

趙燁本來以爲這不過是一個貴一點的單間病房，當他走進去的時候，卻發現這裏與其他地方不同，看起來更加像五星級的賓館房間。

這裏沒有各種檢測生命指徵的監護儀，也沒有刺鼻的消毒水味，取而代之的是淡淡的幽香，和溫馨的感覺。

病人是一個戴著大口罩的短頭髮女孩，十五六歲的樣子，口罩遮住了除了眼睛的大部分面頰，清澈的眼睛帶著一絲倦怠，瘦弱的身體躲在寬大的睡衣下。

她靜靜地靠在窗子邊，腿上放著一台筆電，纖細的雙手，猶如舞蹈般在鍵盤上跳躍著。

有時她會停下來，似乎在思考什麼，有時她又會將注意力轉到窗子外面，似乎在欣賞外面的風景。

開始的時候趙燁還有些幻想，這麼好的病房會不會是那大明星住的，這肌肉注射可是要給屁屁打針的……

「你好，我是實習醫生趙燁，來幫你打針，如果你不相信一位實習醫生，你可以要求換個有經驗的。」

「沒關係！」女孩淡淡地說。

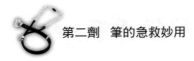

趙燁其實想讓患者拒絕，因爲他對十五六歲發育一般的女孩沒興趣，同時給這種纖細的女孩打針會有些不忍。

趙燁將針管內的空氣排淨，正準備讓這女孩露出臀部的時候，卻怎麼也開不了口，轉而問道：「你哪裏不舒服啊，怎麼會在這裏住院？」

「你不是醫生麼，你覺得我應該得了什麼病呢？」

「我又不是神醫，我只是一個實習醫生，在我看來你根本就沒有病，你的病不過是心病而已。」

女孩淡淡一笑，隨後又歎了口氣：「你比那些主任醫生強多了，我的確沒什麼病。」

「那乾脆出院算了，何必在這裏呢，雖然這裏環境不錯，可總沒家裏好吧。」

趙燁的話讓女孩眼睛一亮，似乎恢復了精神：「那好，你帶我出去玩，不，是帶我出院。不過在這之前，你要先幫我弄一套白大褂來，你知道，有人看著我，如果我偷偷跑出去，會被人發現的。」

趙燁剛想拒絕，又聽女孩說：「你可不許背叛我啊，不許告訴別人。」

趙燁帶這個女孩跑出去，並不是很情願，只是在女孩的強烈要求下，趙燁沒有辦法。另外趙燁覺得像這樣的病人，不應該待在屋裏。

活得久不代表活得快樂、活得精彩，精彩的人生不一定要長久，有時候一瞬間的精彩勝過碌碌庸庸的一輩子。

趙燁沒幫她打針，反而找了一套護士服進來，穿著護士服的口罩女孩看起來有點興奮，她的頭髮高高盤起，罩在護士帽下，她似乎很喜歡自己這身衣服。

「口罩。」趙燁提醒道。

「我受不了消毒水的味道，我戴自己這個就好了，謝謝你。」口罩女孩說。

醫院對病人看護很嚴格。

但是，看護女孩的護士被變態大叔拐走了，所以趙燁很順利地帶走了女孩。

有時候看病就是一種感覺，醫生一眼就能看出病人到底是什麼病。

趙燁看到口罩女孩的第一眼，就知道她病入膏肓，但她自己卻不知道。所以趙燁說她是健康的，當然，這只是美麗的謊言。

以女孩現在的身體狀況，出去玩不會有危險，十五六歲的孩子應該是健康活潑的，可這女孩卻安靜得猶如一灘深水。

「嘿，你打算去哪裏？」趙燁問。

「現在我是實習護士，就跟著你這個實習醫生一起走了，你在哪裏實習，就帶我去哪裏吧，我可以幫忙哦。」口罩女孩說。

趙燁很想說，實習生裏哪有年紀這麼小的，即使是護士也沒有十五六歲的護士啊。

「不用擔心，我不會給你添麻煩的，我不能走得太遠，雖然我很想出院，但我真的不能離開醫院。你就帶我在醫院裏逛逛好麼？」

趙燁想說醫院裏有啥好逛的，不過在女孩祈求的眼神下，趙燁卻一句都沒說出口，最終還是決定帶她在醫院裏逛逛。

在消毒水與手術刀的世界裏，趙燁想不出能帶這位柔弱的小妹妹去哪裏，漫無目的地走了一圈後，趙燁腦袋裏冒出了三個字：新生兒！

孩子都是可愛的，新生兒更是如此，紅撲撲的臉龐，毛茸茸的樣子，睜不大的眼睛，無論哪一點都惹人憐愛。

新生兒科一般人是進不來的，如果不是身上的白大褂，以及實習生的胸牌，趙燁跟口罩女孩也進不來。

新生兒科與兒科不通，新生兒是指剛剛出生不久的孩子，其中有一些是早產兒，他們通常要待在培養箱裏，一種模擬子宮環境的設備。

在新生兒科裏的多是早產兒，也就是在母體中不足三十八周的孩子。早產兒比足月的嬰兒發育差一些，他們更加瘦小。

這樣的嬰孩足以激發任何女生的憐愛，他們比起那些卡通形象更加可愛，或者說更萌。

「哇！好可愛啊！我能摸摸他們麼？」口罩女孩一臉期待地問。

「當然可以。」趙燁打開培養箱，「輕輕的，不要弄疼了他們。」

口罩女孩點了點頭，輕輕地撫摸著。那專注的樣子似乎在欣賞一件藝術品，又似乎在撫摸著自己心愛的東西。

「他看起來好小啊，他的胳膊只有我兩根手指那麼粗，爲什麼他身上都是管子呢？」口罩女孩指著其中一個幼小的新生兒說。

「他才二十八周，你明白麼？在母體內二十八周生下來算早產兒，如果低於二十八周那就是流產。他是一個幸運的孩子，但也是個不幸的孩子。他幸運地活了下來，但他卻要面對很多困難，面對一些其他孩子沒有的困難。」

口罩女孩突然安靜下來，沒再問東問西，打開培養箱，輕輕地撫摸著這個幼小的生命。

因爲是早產兒，他的身上佈滿了管線，生命監視儀，氧氣管等等。這樣他很難受，但卻是必需的。

命運安排他如此，沒有選擇，只能勇敢地面對！

原本焦躁不安的小生命在撫摸下安靜下來，他似乎很喜歡被這樣撫摸。生命監視儀滴滴答答地響著。

心率一百四、一百二、一百五……趙燁注意到這孩子心率變化的異常。培養箱雖然能夠模擬母體子宮的環境，但那畢竟不是真正的子宮。

急促的警報聲響了起來，心率急劇下降到七十，並且還在下降，新生兒的新陳代謝比較快，成年人七十的心率很正常，但對新生兒卻是危險的。

「怎麼辦？」口罩女孩急得快哭了。

趙燁沒回答，心率下降的原因有很多，但現在不是追究原因的時候。目前需要的是急救，趙燁的大拇指按壓在嬰孩的胸口，一點點按壓，同時另一隻手不停地彈著嬰孩的腳掌。

漸漸地，警報解除了，嬰孩的心率恢復了正常。同時這幼小的生命發出有力的哭聲，小拳頭握得緊緊的。

「你幹什麼彈他，你弄疼他了，做心臟按壓不就行了。」口罩女孩心疼地說。

「有時候生命需要痛苦，如果不刺激他一下，他怎麼會展現出強大的生命力。他剛剛很危險你知道麼？他能恢復過來並不是因爲剛剛的心臟按壓，而是對他的刺激，我剛剛的心臟按壓幾乎沒什麼作用。」

「救他的是他自己，而不是我。這個孩子生來就比別人更加艱難，艱難的生活會給他帶來很多苦難，但同時也會給他很多別人永遠得不到的東西！」趙燁關上培養箱說。

「這位同學說得沒錯，作爲一個實習生真是難得，你竟然能明白這個道理。」說話的是一位女醫生，「同學你來我們科室實習吧，來的時候別忘了找我，我當你的指導老師。」

「謝謝老師誇獎，到時候還需要您的教導。」趙燁的表現猶如一個好學生，可他心裏卻緊張得快暈過去了。

慌張地拉著口罩女孩跑出了新生兒科，趙燁狠狠地喘了幾口氣：「哎，多虧了老師沒發現你不是實習生，否則你就要回病房了。」

「我的確要回病房了。」女孩摘下口罩說，「謝謝你今天帶我出來。我知道，我知道我病得很重，或許我剩下的日子不多了，你還會來看我麼？我是鄒夢嫻的妹妹，鄒舟！」

趙燁終於明白爲什麼兩個人如此相像了，他覺得自己簡直是第一號大傻瓜，竟然帶著這樣的女孩到處跑。

「哎，我病得很重不是麼？」

「嗯，原來你知道？」趙燁驚訝道。

「我腦袋裏長了腫瘤，似乎長在功能區，如果切除，我會變成植物人。但我會勇敢地面對，如那幼小的生命對抗自己的命運一般，你說得很對，生命中的困苦並不是折磨，困難會給我很多別人永遠得不到的東西。」

堅強的女孩子，趙燁很早就知道她病入膏肓，帶她出來不過是想給她點快樂，可他沒想到，女孩竟然是明星的妹妹。

此刻他算明白了，爲什麼沒有人在醫院找到明星鄒夢嫻，因爲她根本沒住院。

突然趙燁想起那個邪惡的大叔李傑，這老傢伙讓自己去給病人打針時笑得很邪惡。

他肯定知道內情，趙燁恨得牙癢癢的。

第三劑

傳説中的醫聖

趙燁的師父李傑，是一個很奇怪的醫生。

有時候趙燁覺得他是一個中醫，但他卻有高超的手術技巧，以及先進的觀念。

如果說他是一個純粹的西醫，可他卻非常講究中醫的辨證方法。

一直到很多年以後，趙燁才知道，他的師父是國醫。真正的醫之大成者，治世救人，為國為民的國醫。

「老頭，你是不是故意的？」趙燁指著李傑那張猥瑣的老臉說，「你早知道四十七床病人的底細。」

趙燁在醫院外面晃了半天，才找到猥瑣大叔，他也不知道爲什麼自己想找到這個叫李傑的人。

李傑一臉的不在乎，伸手從兜裏掏出一根雪茄，點燃，輕輕地吸了一口，露出很享受的表情：「小子，其實你幹得不錯，本來我要去看那個病人的，沒想到你替我省了這麼多事。」

「你看病人？開什麼玩笑，你以爲你是誰啊。」趙燁一臉的不信。

李傑只是笑並不答話，不遠處神經外科的漂亮護士走了過來，挽著李傑粗壯的胳膊，在他那滿是鬍渣的臉上親了一口：「親愛的，我先去上班了，晚上來接我哦。」

趙燁覺得這個世界瘋了，只見李傑用他那滿是鬍渣的嘴，輕輕地吻了那護士，然後揮手再見。

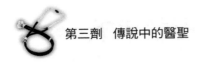

這麼漂亮的護士竟然這麼溫柔地對這個猥瑣大叔，趙燁覺得這大叔要麼是大騙子，要麼就是真的有實力。

顯然他是大騙子的可能性不高，醫院裏的護士可不是傻子，她們都是經歷很多事的人精。

「老大，你是怎麼做到的？」

「打了乖乖針，自然就乖了。」

「乖乖針？」趙燁疑惑了一會兒，立刻就明白了……

李傑扔掉吸了半隻雪茄：「走吧，跟我去看看病人，昨天你幹得不錯，有成為好醫生的潛質。」

「我本來就是個好醫生，雖然還是個實習醫生，但也是好實習醫生。」趙燁沒好氣地道。李傑沒再說什麼，帶著趙燁走進醫院。

趙燁突然有種感覺，這滿臉鬍渣的猥瑣大叔，似乎是個厲害的人物。

電梯依舊擁擠，趙燁本來打算爬樓梯的，可李傑卻一臉的不願意，拉著趙燁走到電梯旁。

「哎，你發燒了，是不是覺得很冷?後背起皮疹了吧，我估計是病毒性腦炎，這玩意兒傳染啊，一會兒叫你父母也來做個檢查吧。」李傑故意說得很大聲。等電梯的人全都聽到了，不到三秒鐘，等候電梯的除了趙燁跟李傑，再也沒有其他人了。

變態大叔露出得意的笑容，又掏出一支煙，幸福地吞雲吐霧起來。

趙燁有些無語，這大叔太變態了，不過他的確很喜歡這個方法。寬鬆的電梯很快就到了十二樓，神經外科，也就是腦外科。

四十七號病房空氣中一如既往地傳出陣陣幽香，李傑不知道從什麼地方弄了件白大褂，隨意地穿在身上，像風衣一樣。

趙燁也穿著那非主流小風衣般的白大褂，跟在他後面：「老李，你難道真要去看鄒夢嫻，我可不跟著你去瘋啊。」

李傑有些哭笑不得，難道自己的模樣真的不像超級醫生，其實他的真實身分是很有名的醫生，甚至很多人稱他爲醫聖。

有點醫學常識的人都知道他的名字，起碼看過他寫的教科書。只有趙燁這個只看錄影學習，且經常蹺課的人，才不知道教科書的編者是誰。

他覺得趙燁很可愛，所以他才不表明身分，因爲他覺得這很好玩。

病房內今天多了一個人，她有著無與倫比的絕美容顏，高貴得讓人自慚形穢的氣質，一舉一動芳華畢現，頗有傾國之姿。

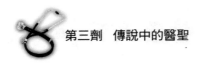

可惜她的態度卻不那麼友好，她看到李傑進來，立刻怒目相向：「你到底對她說了什麼？她怎麼能做手術，這手術萬一失敗了怎麼辦？她還這麼小，怎麼能……怎麼能……」

說到最後，她的聲音哽咽了，妹妹是她唯一的親人了，事業成功的她有很多遺憾，最大的遺憾就是親人相繼離她而去，如今唯一的親妹妹也病重了。

猥瑣大叔永遠都是那副笑瞇瞇的表情，哪怕是天塌了也不會改變。美女的眼淚這種無往不勝的武器，都攻不破猥瑣大叔的堡壘。

「不用擔心，鄒舟已經做好了準備。她沒有你想像的那麼脆弱，另外你要相信我的醫術。我有九成的把握，雖然她是惡性腫瘤，但我有九成把握，你明白麼？我雖然騙女人，但我不騙病人。」

趙燁覺得李傑就是在騙人，即使身為一個實習醫生也知道，顱內的惡性腫瘤肯定會復發，更何況鄒舟的腫瘤根本不可能取出來。

九成的把握明顯是騙人的，即使是神醫也不可能，除非出現神蹟。

然而美貌與智慧並存的鄒夢嫻卻相信了他的鬼話，正所謂關心則亂，此時，她更願意相信權威。

在醫療界，李傑說的話就是權威，他說活，便活！說死，便死！

鄒舟依然靜得猶如一灘深水，她沒戴口罩，那絕色面容比起姐姐只少了幾分成熟而已。然而這樣一個安靜美麗的女孩，卻只剩下幾個月的生命。

大明星永遠是忙碌的，沒一會兒鄒夢嫻就離開了，病房裏只剩下趙燁跟李傑以及病人鄒舟。

「李叔，我想好了，你趕快做手術吧。」鄒舟淡淡地道。

「鄒舟，你真的想好了嗎？你知道嗎，腫瘤是惡性的，如果手術失敗的話，你就永遠也醒不過來了，就算成功，也不過是延長壽命一小段時間，而且還要……」趙燁著急地道。

「小子，你這是在質疑權威你知道嗎，竟然不信我。」李傑狠狠地在趙燁的腦袋上彈了一下，「她對自己的病情很瞭解。」

「你有九成把握？」趙燁揉著腦袋道。

「沒錯，九成的把握失敗……」李傑說。

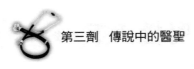

趙燁看了看鄒舟，他沒想到變態大叔竟然當著病人的面直接說出了病情，只能暗罵變態大叔沒醫德。

「哎，那是在常規的辦法下，我還有一個辦法，有九成的把握，當然，前提是那個研究是成功的。而且病人必須是鄒舟，換了其他人也不行。另外我還需要一個技術高超的助手，這種手術我沒做過，但難度應該是所有手術中最難的。」

一向玩世不恭的李傑此刻十分嚴肅，在醫療界他稱得上權威，他永遠是那個最自信的醫聖。

如果他說手術困難，或者說手術不是百分之百有把握，那麼在這個世界上就沒有人可以說有百分之百的把握。

「真的？那是什麼辦法啊，助手我可以啊。」趙燁高興地道，完全忘記了自己不過是個實習生。

「你？哎，你小子還是算了吧，你當護士都不合格。」

「什麼？你說我當護士都不合格，我可是能獨立完成Bentall手術的。」趙燁怒道。

「那算什麼破手術。」李傑一臉的不屑。

「破手術？你算哪個鳥醫生……那可是很難的手術……」

兩人爭吵時，沒注意到一直安靜地坐在一旁的鄒舟，露出了久違的笑容，目光中充滿了暖意。

鄒舟打開她的筆記型電腦，雙手在鍵盤上舞蹈，輕輕地輸入：

奇妙的感覺，難道這就是愛麼？

趙燁，教會我堅強的人，給了我奇妙感覺的人。

但願這感覺能夠持續得久一點，或者，到永遠。

趙燁有些生氣，自己那點驕傲被李傑打擊得一點兒不剩。其實他也挺倒楣的，如果碰到其他人，絕對不會這麼打擊趙燁。

因爲比趙燁強的人一般都是成名的醫生，不屑於打擊他。那些想打擊趙燁的，在手術操作上不一定有他厲害。

都說高手有品，李傑卻不在此列。

他是個沒品的高手，特別喜歡欺負人，而且喜歡欺負弱小的人，特別是趙燁這樣有點實力的弱小者。

「看好了。」趙燁拿著一根香蕉，「我能在一釐米的距離縫合十三針，間斷縫合，不損傷一點。」

趙燁爲了讓變態大叔服他，甚至將他帶到了自己的出租屋裏，表演他的絕技，在蔬菜和水果身上練就的手術技術。

「啊啊啊！」變態大叔打了個大大的哈欠：「你電腦裏有毛片麼，那天在校門口，你好像說你有很多？」

趙燁鼻子都要氣歪了，這大叔竟然對自己無敵的手法不感興趣。

「沒有，你說我要怎麼樣才能達到要求？」

「達到要求啊，這個容易，拿個番茄來。」

趙燁沒番茄，就拿了個迷你的，也就是聖女番茄。大叔李傑接過聖女番茄，向趙燁演示了讓他震驚的一幕。

他用刀切斷了聖女番茄，然後用極其變態的手法開始縫合。趙燁僅剩的一點驕傲被擊潰了。

李傑的縫合又快又好，遠遠望去幾乎看不出縫合的痕跡，不但如此，縫合得還很牢固，滴水不透。

「服了吧，這都是小意思，想學麼？你要是把毛片都貢獻出來，也許我一高興就教你了。」

趙燁其實有拜師的衝動，但看到他那猥瑣的表情又開始猶豫了，不過又看了一眼那個滴水不露的聖女番茄，他還是決定拜師，雖然他到現在也沒想起來，這個李傑就是教科書上那個編寫者。

李傑收徒也不是一時衝動，在趙燁最早冒充教授的時候，他就注意到了，那手法他一眼就認出來了。

長天大學流傳著一個不是秘密的秘密，那就是二十年前，曾經有一個天才留下一套光碟和成爲超級醫生的方法。

趙燁用的就是那套方法，出色地完成了手術，特別是最後一刀，讓人眼前一亮。當然，這不足以成爲李傑收徒的理由。

他看重趙燁的不只是手術的技術，還有他的勇氣，敢於爲了病人衝進手術室，賭上自己的前程。

之後，他一直在暗中觀察趙燁，發現趙燁的性格很符合他的脾胃。跟趙燁相處幾天後，他終於決定收這個徒弟，留下一個傳人。

「你知道什麼是國醫麼？」李傑問。

「國醫，是中醫麼？」趙燁疑惑地問。

「笨蛋！這都不知道，你怎麼學醫的。」李傑在趙燁腦袋上又狠狠地彈了一下，然後一改往日戲謔的樣子：「很久以前，沒有西醫的時候，中醫一統天下，被百姓稱爲國醫！在古代，醫療界，或者說杏林，國醫是指御醫，其實它的意思是指醫術最高者，只有醫術最高的人才能成爲國醫。」

「當然醫術無所謂高下，術業有專攻，每個人都有自己擅長的領域。醫者，學醫之前，當先學德行。能被稱爲國醫者，除了醫術高超，其醫德也是爲所有人敬佩的。」

「國醫，乃醫之大成者，治世救人，爲國爲民。」

趙燁覺得李傑此刻好像德高望重的長輩，正在循循善誘地教導自己。雖然趙燁知道面前之人就是那個一向猥瑣的變態大叔，但他卻覺得這教導很莊重，很深刻。

「師父在上，請受徒兒一拜！」趙燁學著電視上的樣子，磕了幾個頭。

「其實你不用磕頭的，我不在乎這個。」李傑在趙燁磕了三個響頭之後說，「拜師怎麼也要給點拜師禮吧。」

「毛片行不？」

從嚴肅認真變回淫蕩猥瑣不過三秒鐘。在趙燁的出租屋內，一個猥瑣大叔在上網，一個有志青年在認真訓練。

電腦的螢幕上不斷地變換著身穿比基尼的美女圖像，趙燁一邊吞著口水，一邊報出一組數字。

「八十八、六十一、九十二、四十九公斤……八十四、五十三、八十二、四十四公斤……」

不知道看了多少組，趙燁終於受不了了：「師父，看這個有什麼用啊？難道看美女也是學醫的一種本領？」

「笨蛋，醫生望診是非常重要的，雖然我們不是百分百的中醫，但我們學醫就要兼容並蓄，所有的東西只要有用就要學。」

「病人進來第一眼，你就要知道他的身高體重等等能看出來的一切，否則你還看什麼病？既然你看美女審美疲勞了，那好，我們換醜女……」

「老師，我寧可看男人……」

「好，那我們去看猥瑣男……」

「老師，我不要看……」

趙燁的師父李傑，是一個很奇怪的醫生。

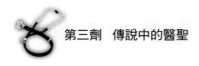

有時候趙燁覺得他是一個中醫，但他卻有高超的手術技巧，以及先進的觀念。

如果說他是一個純粹的西醫，可他卻非常講究中醫的辨證方法，甚至還教了趙燁針灸，和中藥學的很多東西。

一直到很多年以後，趙燁才知道，他的師父是國醫。真正的醫之大成者，治世救人，爲國爲民的國醫。

現在，他正奇怪著李傑的訓練方法，除了練習觀察以外，他還教趙燁很多奇怪的東西，例如拿著一柄菜刀，擺Pose一個小時，蹲馬步三個小時……所有的一切都是教科書上沒有的，甚至想都想不到的。

如果換了其他人，或許早就被這種變態的方法嚇跑了。按照李傑的話來說，這些訓練方法是專門爲趙燁準備的，所有的一切都是爲手術準備的訓練方法，其他人就算練了也沒用。

每一天，趙燁都在堅持訓練，忍受著非人的折磨。

他不知道自己在堅持什麼，或許是爲了證明自己，或許是爲了爭取助手的位置，能夠爲鄒舟做手術，或許是嚮往著成爲超級醫生。

秘密集訓了幾天，每一天都有不同的內容，趙燁知道，這是變態大叔故意的，他似乎是想一下子將東西全都教給自己，如果有一天，他不教新鮮的了，就是兩個人該說再見的時候了。

趙燁有預感，再見並不遙遠！

長天大學的校內論壇上熱鬧非凡，線上人數一再升高，創下了歷史記錄，很多學生感歎今年長天大學的強者實在是太多了。

其中最強者當屬大一新生余瑞敏同學，這個被人們稱爲小爺們的女生竟然在醫院鬧出了大笑話。

她拿著男人海綿組織的事蹟幾乎傳遍了學校，甚至整個城市！因爲電視台爲了這件事情專門來採訪了她。

在鏡頭面前，她惡狠狠地說出了一個名字，趙燁！

當時採訪的記者，出了一身的冷汗，感覺到了余瑞敏深深的恨意。

即使是學醫的女生，也是一個女生。趙燁的作弄讓她很生氣，每當她吃飯的時候都會想起自己手裏拿過什麼，這讓她作嘔。

女子報仇，十年不晚！

當一個人下定決心的時候是很可怕的，特別是女人！

余瑞敏決定跟趙燁耗上了，絕對不善罷甘休。

趙燁似乎已經忘記了自己曾經深深地傷害了一個學妹，忘記了那個被他急救過的病人！此刻的他正在大街上，好像神經病一樣的觀察行人。

「那胖子大概八十七公斤，三圍九十六、一百二十六、一百零八。腳步虛浮，酒色過度，脂肪肝。那女人似乎痛經，如果能讓我接近她，聞聞她的體味，我就能確定……」

趙燁跟在變態大叔李傑身後，小聲說著，像個犯了神經病的賊一樣。其實他這麼做是明智的，否則讓人聽到的話，真的會撥精神病院的電話。

「不錯，不錯，你看得很仔細，這幾天教你的東西沒白費。你果然是天才，哈哈，不過我更天才，只有我這樣的天才才能教出這麼好的徒弟，哈哈哈哈……」李傑肆無忌憚地笑著，引來路人怪異的目光。

趙燁覺得很丟人，很想無恥地裝作不認識他……

「師父，教我那聖女番茄是怎麼縫合的，我想學，要不然我睡不著覺。」趙燁等李傑笑完了，悄聲地說道。

「真的想知道?你不後悔麼?」

「當然了。」趙燁有些奇怪，有什麼後悔的，現在的他就是要把握一切機會學習，特別是他知道了李傑在醫療界的地位以後。

他知道自己遇到了名師，擁有比別人不知道好多少倍的條件，所以他不會放過任何一個細節，拚了命地學習。

「其實，秘密在我的刀上。」

「刀？」

「當然了，在刀上，你以爲是什麼。其實那小番茄根本沒有斬斷，縫合只不過是做做樣子，你這個笨蛋，啊哈哈……這個世界上只有一個人能把它縫合，可惜不是我。」變態大叔似乎以作弄趙燁爲樂，很得意地笑著。

「哎，我還以爲你真的縫合了。」趙燁有些失望，又有些高興。高興的是自己的技術不錯，多年來的苦練讓他並不比李傑差很多，失望的是，沒學到更多的東西。

「其實你的技術練得很到位，我從來沒見過像你這樣有天賦的學生，當然還有你的勤奮。」李傑教趙燁時偶爾會作弄一下他，大多時候都是嚴肅認真的。

「當然更重要的是你的德行過關，你有一顆治病救人的心，從最開始冒充教授，到後來對待鄒舟的態度，你雖然沒實際治療她，卻治好了她的心病。」

「還有你不急功近利，在碰到無能爲力的病人時，不計較得失，高喊救命。雖然很丟人，但作爲一個醫生，能救人是首要，個人榮辱得失都是次要的。」

「哎，師父，我怎麼覺得你這不是在誇我，而是在笑話我……」趙燁鬱悶地道。

「行了，不管怎麼說，你算出師了，但你還不夠資格做我的助手，你需要積累經驗，首先你要成爲長天大學附屬醫院最好的外科醫生，或者說這個城市最好的外科醫生。」

「那不是要很久麼，鄒舟的手術能等到那個時候麼？」

李傑點燃一支雪茄，深深地吸了一口：「她的手術對我來說是一個大挑戰，生平未遇的重大挑戰。我要準備一段時間，這期間我會盡力治療她，保證她不會有事。你放心好了，一周後我會帶她離開，你有什麼不明白的快點問我。」

「師父，我要跟你一起去。不要丟下我一個人啊，師父！」趙燁裝可憐，雖然李傑這個變態大叔總是作弄他，可趙燁並不討厭他，這幾天相處下來，甚至有點喜歡這大叔玩世不恭的脾氣。

或許是趙燁叫師父叫得實在太淒慘了，李傑也有點捨不得趙燁，握著他的手，很嚴肅地說：「八戒，爲師還有很重要的事情要做，你還是回去吧。」

「……師父，我寧可你叫我悟淨。」

「傻徒弟，八戒才是最快樂的。太聰明如悟空，終究會被聰明所累，被壓在五行山下，最後只能重新奮鬥，結果也不怎麼樣。太老實如悟淨，辛辛苦苦一輩子，只能去流沙河做個妖怪，或者挑個擔子。」

「別看八戒傻傻的，卻有傻福，永遠都快樂地活著，有吃有喝有玩不好麼？」

趙燁跟師父的分別很簡單，他就這樣傻傻地聽著師父說完話轉身走了，他甚至來不及說出準備了很久的告別話語。

也就這樣，趙燁又回到了長天大學附屬醫院去實習，穿上那被擠得全是皺紋，沒有鈕扣的猶如非主流小風衣的白大褂。

趙燁還是那個實習生，一名普通的長天大學醫學院的實習生。每天在醫院的工作就是抄抄寫寫，幾乎沒有什麼機會動手。

跟著名師的趙燁沒有能夠一步登天，反而被師父一腳踢回了原形，變成了一個實習生。

一個每天早上唱著奇怪的由藥物名字組成歌詞的歌曲；一個每天小刀亂切的實習生；一個身懷絕技的實習生；一個夢想著成爲最強外科醫生的實習生！

第四劑

醫院怪現狀

年年帶一無所知的實習生讓徐主任無比厭煩，所以今年他決心趕走所有的實習生。

當然他一句話就可以讓這群實習生走開，但他是個愛惜名聲的人，趕走這群實習生需要一個理由。

他需要找一個病人，找一個實習生事先看不到病例的病人，然後堂而皇之地將他們全部趕走。

醫生們在鮮亮的外表下，其實滿是疲憊，還好他們有實習生可以欺負。毫不誇張地說，國內的三甲醫院如果沒有了實習生，絕對無法正常運轉。實習生是醫生的奴隸，可以幫忙幹活，生氣的時候可以當出氣桶，高興的時候可以當嘲笑的對象，總之，實習生是物美價廉。

不對，實習生連價廉都算不上，因爲他們根本不用花錢，相反地，他們還要向醫院交學費。

回來當實習生是趙燁唯一的選擇，因爲他需要經驗，需要積累經驗。醫學就是這樣一門學科，即使擁有再豐富的知識，沒有臨床經驗也是不行的。

作爲醫學院老油條的趙燁，在醫院裏還算是個新人，實習剛開始時，他冒充了教授，又跟著變態大叔李傑學了一個多禮拜，因此他耽誤了差不多一個月的時間。

但趙燁不在乎這些，他根本沒有打算按照學校制定的計畫來實習，他決定自己去找醫生，找自己感興趣的科室。

當然在醫生遍地走，實習生不如狗的長天大學附屬醫院裏，實習生沒有選擇的餘地，只有老師挑實習生，沒有可能實習挑選老師。

醫院中最熱門的無疑是外科，外科醫生代表著財富，權利。

據不完全統計，全國各大醫院的院長有百分之八十是外科醫生。

趙燁想去的是一般外科，病人最多的科室，也是最能積累經驗的地方，當然這裏也是實習生最多的地方。

「徐主任，實習生來了。」

趙燁還沒走進辦公室大門，就聽到有人在喊，他很奇怪，自己還沒進去，他們怎麼就知道有實習生來？

等趙燁進去發現，的確有實習生，一般外科的辦公室密密麻麻地坐滿了穿白大褂的醫生，以及實習生。

「這麼多新來的啊，來吧，都跟我查房去。」

一般外科的徐主任是一個大胖子，一米九的個頭兒加二百多斤的體重。很難想像他是如何用那笨拙粗胖的手指手術的。

實習生們排成隊跟在他身後，開始了每日一次的查房。

醫生查房就是觀察患者的病情，根據病情調整治療方案。實習生每天最盼望的就是查房，因爲只有這個時候，他們才能跟病人接觸。

實習生們不知道這個胖胖的徐主任想要幹什麼，爲什麼不給他們分配老師，反而帶著他們來查房。

難道徐主任想親自帶所有的實習生？

很多腦殘的實習生如此想，他們忘了，眼下有差不多十個實習生，怎麼可能跟著一個老師呢！

「誰來說說這個病人。」徐主任用肥胖的手指，指著床上一個瘦弱的女病人說。

等了幾秒鐘以後，見沒有人說話，徐主任指著一個男生說：「你來說說。」

「我第一天來，我不知道。」男生怯怯地說。

徐主任沒理他，又指向另一個人，那個人依然不知道。

這樣一直指到了趙燁的頭上，沒有人覺得這個穿著沒有鈕扣的白大褂的學生能說出什麼。

徐主任也沒有，因爲他根本就是在爲難這群學生，他只是想找個理由把這群傢伙都踢出去。

當然他一句話就可以讓這群實習生走開，但他是個愛惜名聲的人，趕走這群實習生需要一個理由。

他的胖手指著趙燁，沒停頓幾秒鐘就指向了下一個實習生，這時候他聽到了趙燁的聲音。

「這病人應該是食管癌，支架植入術後，伴隨肝臟功能衰竭，他的鞏膜略微發黃，心臟跳動的節奏有些慢，右心室壓力過高，有略微的心衰。」

很多實習生覺得趙燁是在胡扯，第一次看到病人，甚至沒做任何檢查，怎麼可能一下子就知道病情。

最驚訝的是徐主任，本想給這群實習生難看，誰知道竟然有人回答出了他的問題。他覺得這次純屬巧合，這個實習生之前肯定看過病人的病歷，他早有準備。

趙燁當然沒看過病例，也沒提前準備，這些都是變態大叔李傑的訓練結果，他不用聽診器，只用耳朵聽就能感覺到病人心臟的跳動；只用眼睛看，就能看出病人細微的變化。

「這位同學不錯，看來有準備啊！來，我們看下一個病人。」

年年帶一無所知的實習生讓徐主任無比厭煩，所以今年他決心趕走所有的實習生。他需要找一個病人，找一個實習生事先看不到病例的病人，然後堂而皇之地將他們全部趕走。

又是四十七號病房，趙燁覺得自己跟四十七號病房很有緣，神經外科的四十七號病房住著一位美麗的天使，一般外科的四十七號病房又住著什麼樣的人呢？病房裏充滿了花香，但實習生們卻沒心情欣賞，因爲大家都知道，必須回答徐主任的問題，一個永遠也不可能回答得了的問題。

「大家看看這個病人，然後說一說她的情況，說對的可以留下實習，說錯的，對不起，我們外科需要的是精英。」

徐主任說完看了一眼趙燁，他覺得趙燁不可能說出這個病人的情況，因爲這個病人的資料高度保密，是由他親自管理的病人。

趙燁沒說話，他靜靜地看著那個女病人。

這名患者對實習生的到來顯得很害怕，她用被子遮住大部分身體，只露出半張蒼白的臉，以及消瘦的手指。

「患者全身多處擦傷，氣管切開術後，第四、六、七跟肋骨骨折，右肱骨骨折，右肺嚴重感染。」趙燁說完走到患者身邊輕輕地說，「以後開車小心點，不要再撞到了。」

患者聽趙燁說完話後，露出了感激的表情，緊握被子的雙手也漸漸鬆開了。進了醫院以後，每個人都把她當動物看待，她還聽到無良的護士在背後談論她。

漸漸的她開始害怕見人，害怕見任何陌生人。但今天，醫生卻完全不顧她的感受，竟然帶了這麼多實習生來。

這個患者就是那個可憐的遭遇了色狼的女孩，她被俞瑞敏發現，被趙燁救了，然後轉到了這個病房。

她知道趙燁是故意那麼說的，隱瞞了她遭遇色狼的事實，對此她由衷地感激趙燁。

徐主任已經被趙燁的神奇表現征服了，趙燁說的完全正確，而且他只看了一眼就知道了一切。

神蹟，絕對是神蹟。

徐主任當了一輩子醫生，怎麼也猜不到趙燁是如何知道這患者的病情的，自從他們進屋以後，患者一直躲在厚厚的棉被下。

「你留下！」徐主任指著趙燁，揮手對其他人說：「你們去其他的科室吧，什麼時候準備好了，再來我這裏。」

「你小子站住，別走啊。」徐主任一把拉住準備離開的趙燁，「你可以留下，你是怎麼知道這個病人的情況的？」

「外傷好治，心病難醫。醫術易成，醫德難修！」

徐主任愣了兩秒，才反應過來趙燁是在說他沒有醫德。

對著趙燁離去的背影，他突然想起來，那天值班醫生說，是一個實習醫生給這個病人做的急救。那份冷靜、那份技巧，是實習生中最好的。

啞巴吃黃連，有苦說不出。徐主任現在的感覺就是這樣，所有的理都讓趙燁占了，就算想整治他也沒有辦法。

離開了一般外科的趙燁突然失去了方向，不知道應該去哪科實習，他想去十二樓的神經外科，但鄒舟已經跟李傑離開了，轉去了更好的醫院，他突然變得迷茫起來。

醫生已經開始背離自己的方向，背離他們最初的誓言。

趙燁原以爲所有的醫生都應該跟宣誓時一樣，可他沒想到第一天去病房就發生了這樣的事。

鬱悶的趙燁在網上到處亂逛，最後跑到了長天大學校內的論壇上。

長天大學的論壇是在校生及無數畢業生一起交流的大舞台，在論壇上逛了一圈後，趙燁發現有人發帖子提問。

在大學裏，各專業學生都能物盡其用，如果電腦、電器壞了，就去電腦學院和電機學院的地盤發帖，自然有高人幫你解答問題。如果病了，就去醫學院的地盤求救，肯定有醫學高手幫忙治病……

趙燁想都沒想隨手點了進去，把看到的所有求醫問藥的帖子，都做了這樣的回覆：你這病非常嚴重，明天去長天大學附屬醫院的一般外科，找徐主任，只有他能救你！

第二天趙燁迷迷糊糊地爬了起來，昨天夜裏上網上到凌晨兩點，可今天卻奇怪的怎麼也睡不著。

爬起來後，趙燁想了半天，發現他只能去醫院繼續做實習生。然而，附屬醫院中趙燁感興趣的科室都已經塞滿了實習生，那些沒實習生的，趙燁又不想去。

就這樣，趙燁心不在焉地遊蕩到長天大學附屬醫院的門口，門診大樓擠滿了患者，晃晃悠悠走進去的趙燁眼前一亮。

他發現了自己想去的地方，急救科，專門處理各種危重病人的科室，這裏的病人最多，也是最累的科室。

這裏的實習生不多，因爲太累了，要天天値班，但是這裏卻有最多的病人，如流水一般。

這裏的缺點是，病人就在這裏待一會兒，急診室只負責簡單的處理，因此如果沒有過硬的技術，在這裏根本學不到什麼東西。

趙燁現在要的就是積累經驗，所以急救科最適合現在的他了。他跟著醫聖李傑學了很多東西，現在他需要無數的病人，需要不斷地實踐來消化這些東西。

急診室裏只有一個醫生，年紀在四十歲上下，趙燁走進去偷偷地瞄了瞄他的胸牌。副主任醫師，王睿。

於是趙燁擺出最老實的樣子，向這位王副主任醫師問好，王睿看了一眼趙燁，並不答話，繼續給病人看病，趙燁也不生氣，在一旁靜靜地看著。

在王醫生需要幫忙的時候，趙燁就上前去幫忙。病人不斷地進進出出，幾乎沒有喘息的機會。

其實很多病人根本不需要來急診室，但患者卻不這麼想，他們都覺得自己的病是最重、最緊急的。

於是有很多頭痛腦熱，發燒上火的也跑來急救科，這讓趙燁不住搖頭，也讓副主任醫師王睿大為光火。

「真是沒完沒了。」王睿打發走一個魚刺卡在喉嚨裏的病人後抱怨道，他摘掉口罩，對趙燁說：「那個實習生，你今天幹得不錯，以後就跟著我幹吧。現在我有點事情，你替我在這裏看著，如果病人發熱，給他量體溫，然後轉科。如果受了外傷，包紮一下轉科……」

「明白了，就是簡單處理，然後轉科，推到其他科室醫生身上。」

「沒錯，我走了。」

「老師去幹什麼？」

「我去哪兒你管得著麼，今天有ＮＢＡ啊，我急著回去看比賽呢。」王睿說完，頭也不回地跑了。

悲哀，絕對的悲哀！

當醫生，每天都會被瑣事困住，連看場球賽都沒有時間。當實習醫生更悲哀，醫生跑去逍遙了，他卻要留在這裏。

「下一個病人。」生活還要繼續，即使有壓迫也要忍受。更何況趙燁並不在乎多做些工作，他現在有機會單獨給病人看病，興奮還來不及呢。

「醫生，我牙疼，救命啊。」

「嗯，牙疼怎麼來急救科？這裏是看急症的，看牙醫去。」

「我這是急症啊，我牙疼得要命啊，救命啊醫生！」

趙燁覺得空有一身才華無處施展，在這裏完全是浪費時間，他終於明白爲什麼王睿醫生會放心地將這些病人交給他了。

「醫生，我牙疼。」

趙燁要瘋了，又一個牙疼的，他從桌子上找到一個骨穿針，很粗很長的那種，臨床上通常用於穿刺到骨頭中，取骨髓液的。

「醫生，這個東西能治療牙疼？」患者問。

「你覺得呢？相信我，我是醫生。張嘴，張大點，相信我，死不了，雖然我只是個實習醫生。」趙燁故意將針在患者眼前晃了幾下，然後伸進他的嘴裏：「我要將你的牙神經鑽死。準備好，開始了。」

「啊！好疼啊！」

「使勁叫就不疼了。」

「啊！啊！啊！」

「叫得再慘一點！」

「啊——啊——」張著大嘴的患者，慘叫聲傳遍了整層樓。

「好了，還疼麼？」趙燁將針從患者口中拿出來。

「好多了，醫生再見，我走了。」

「下次再來。」

「下一個。」

等了許久，沒有病人再進來，原來門口的病人聽到剛剛那患者的慘叫，都嚇跑了。

趙燁將手中恐怖的骨穿針放進醫療物品回收櫃。那針頭光潔如新，上面不曾有一絲一毫使用過的痕跡，因爲趙燁根本就沒碰到病人的牙齦。

那慘叫根本是心理作用，也是心理作用讓門口那些根本不需要急診的病人都跑了，真正的急症病人也不需要排隊了。

人是一種矛盾的動物，擁有的時候不珍惜，甚至會無端感覺厭煩，可把一切都推走了以後，又會莫名地想念。

沒有病人的急診室成了寂寞寥落的空間，趙燁發現自己沒事可幹了。因爲所有的病人都嚇跑了，當然被嚇跑的都是一些小題大做的病人。

他們並沒有真正的急症，急症是要人命的那種病，這樣的病，就算等一天也不一定會遇到一個。

同人氣冷清的急救科相比，一般外科幾乎忙翻了天。特別是他們的主任醫生徐主任，今天有很多病人慕名而來。

「徐主任，我脖子好癢，不是上面的脖子，是下面的脖子……」

「……尖銳濕疣怎麼也來找我，我是外科醫生，你難道想切了麼？」

「徐主任，我肚子痛，你要幫我啊！」

「孩子又不是我的，關我什麼事？去婦科……」

無辜的求醫者在網上看到求醫指南，鼓起勇氣將最大的秘密告訴醫生，卻換來了這樣的回答。

更鬱悶的是徐主任，他快要瘋了。肥胖的身體已經開始冒虛汗了，科室裏的實習醫生開始偷笑，這讓他很不爽，於是大發雷霆，將所有醫生的獎金扣了一半，氣呼呼地躲在辦公室裏再也不出現了。

對於這無妄之災，醫生們只能打碎牙齒吞進肚裏，科室裏主任最大，也只能怪他們自己得意忘形。

趙燁如果看到這個場景估計會笑翻，特別是徐主任那胖得發虛的身體，因爲勞累而汗如雨下，因為生氣而顫抖著肥肉。

可惜趙燁沒有時間去看，他迎來了自己第一個重要的病人。

當他聽到門外沉重的腳步聲時，趙燁知道有病人來了。

他打開門，看到病人。

患者腦袋流著血，眼眶因為淤血而烏青，身上的衣服多處被撕裂。他身邊跟著一個中年美婦，關切地攙扶著他，看樣子應該是他的妻子。

患者明顯剛剛打完架，而且還是打輸了的那個。因為他不停地說著狠話，通常打輸的傢伙都會這樣，「他媽的，老子一定要殺了那小子。打電話，打電話，給王哥打電話，讓他宰了那小子！出多少錢我都願意！」

很多醫生害怕這樣的病人，首先他們有錢，總以為自己很了不起，很難伺候。其次，這樣的人疑心重，也許是常年在社會上摸爬滾打的原因，總覺得這個社會黑幕重重，害怕自己吃虧。

醫生給他們看病如履薄冰，他們稍有一點不滿意，輕則對醫生辱罵攻擊，重則拳腳相加，告上法院。

很多人覺得清者自清，濁者自濁，可實際上，很多時候就是有理說不清，事實在一張胡攪蠻纏的嘴巴面前毫無抵抗之力。

特別是在醫患關係如此緊張的今天，如果發生醫療糾紛，人們想都不想，就說是醫生的不對。

就好像一隻狗，跑到你家的後花園來拉屎。你想把牠打跑，牠肯定要咬人，不管牠，那狗屎卻又臭不可聞。

對此，只能小心翼翼地挖坑把狗屎埋掉，自認倒楣，不讓自己沾上一點兒臭味。

這時，趙燁卻沒想那麼多，他見到面前的病人不但沒有厭惡之情，甚至有點兒興奮。因爲，這是他名正言順的正式接收的第一個病人，最主要的，這是真正的急診。

病人處於暴怒中，這讓他全身血管膨脹，加速了血液外流，然而他卻根本不在乎，口中不停地謾罵者，紅著眼睛似乎要殺人一般。

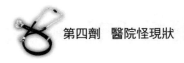

「來來，先坐下，無論有什麼事，先把頭包紮好了再說。」

「是啊，老羅，你先讓這位小醫生幫忙止血，你看你流了這麼多血。」中年美婦說著就要哭出來了。

「哭什麼哭，老子還沒死呢！等我死了你再哭行不行！」被稱爲老羅的患者，雖然嘴上還是不停地說著，卻也不再掙扎，乖乖地坐在那裏讓趙熚包紮。

「啤酒瓶子打的吧，看樣子喝了不少，力氣真大。」趙熚說著還在患者的傷口上按了一下，患者「哎喲」地慘叫了一聲，破口大罵，「小兔崽子，你不想活了啊，要弄死老子麼？」

「不想活的是你，你顱骨骨折，我懷疑有玻璃碎片進腦袋裏了，去拍個CT吧。另外準備手術，玻璃碎片進腦袋裏可不是好玩的。」

「你嚇唬誰啊，老子我活得好好的，你說得那麼嚴重，無非是想多賺點錢。」老羅並不買賬。

「醫生，你別聽他的，別跟他一般見識，我現在就去準備。」老羅的妻子先坐不住了。

「你給我回來，哪裏也不許去！電話給我，我要找人打死那傢伙！」

老羅的妻子有些猶豫，因爲她看老羅生龍活虎的樣子，的確不像十分嚴重，再看看趙熚，又是那麼年輕的一個醫生。

會不會是誤診呢？會不會是誇大其詞，爲了多賺點錢呢？她開始猶豫了。

趙熚雖然是個沒畢業的學生，社會經驗少，卻也不是傻瓜，他已經看出些許端倪，於是又開口道，「內傷你聽說過吧，他有很嚴重的內傷！西醫叫做內出血，他失血很快，現在他心率升高，但血壓卻在下降。」

「他頭上的傷口雖然在流血，但卻不會讓他在這麼短的時間內流這麼多血，身上又沒有其他傷口，所以一定有內出血。」

「你應該明白其中的危險性，至於出血點，我還不知道在哪裏，必須要檢查，最差也要拍X光，或者打開胸腔腹腔探查。所以你快點考慮，晚了出現什麼問題，你就自己負責吧。」

趙燁的話讓老羅的妻子慌了神，看了看老羅，又看了看趙燁。她有些相信趙燁了，可暴怒的丈夫讓她不敢忤逆，一時間不知道怎麼辦才好。

「你不用擔心你丈夫不配合治療，他失血過多馬上就要暈過去了，現在由你拿主意。」

趙燁的話讓老羅暴怒，他掙扎著想站起來，卻感到頭重腳輕，接著眼前一黑，暈倒在地，不省人事了。

「看，暈倒了吧。失血過多，快點決定吧。」趙燁的話猶如預言，立刻就靈驗了，這讓老羅的妻子深信趙燁是一個神醫。

「救救我老公吧，我們還有個上大學的孩子啊！」

以前每次看電視上演的跪著哭天喊地的情節，趙燁都覺得很假，可今天這中年婦女，差點就給他跪下了。

急救科的醫生王睿臨走的時候吩咐過趙燁，病人全都轉科，不行就叫其他的醫生，可趙燁此刻似乎忘記了這點。

「護士，準備急救。」趙燁扯著嗓門高喊。

第五劑

與死神搶時間

急救就是跟死神搶時間，有時候一分鐘，甚至一秒鐘就能決定病人的生死。這並不是誇大其詞，人的大腦如果缺氧，理論上能堅持五分鐘，可實際上，四分鐘左右就會造成永久性損傷。

急救就是跟死神搶時間，有時候一分鐘，甚至一秒鐘就能決定病人的生死。這並不是誇張，人的大腦如果缺氧，理論上能堅持五分鐘，可實際上，四分鐘左右就會造成永久性損傷。

就算活著也是植物人，或者白癡精神病一類的。

失血過多的老羅算運氣不錯，他暈倒在醫院裏，而不是馬路上，時間對他來說無比寶貴。

「輸血！輸血！快點，別愣著！」趙燁高聲喊著，護士們機械地聽從命令，根本沒反應過來這個人是個實習醫生。

失血當然要輸血，但光輸血也不是辦法，必須找到出血點，抑制出血。

老羅的頭部外傷，無疑是最大的出血點，清創包紮對於實習醫生來說並不難，但傷口不潔，有污染就不一樣了。

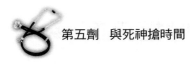

而且頭部的傷口受到嚴重撞擊，大腦有可能有內部損傷。患者這個樣子又不能去照CT，目前最好的辦法，就是找個有經驗的醫生，先將頭部傷口處理一下。待病情穩定了，再解決其他問題。

趙燁偷偷地將證明他是實習醫生的胸牌藏了起來，然後帶上橡膠手套，開始了他的第一次……

第一次難免緊張，無論是幹什麼。

平時訓練了那麼多，再加上變態大叔不要命的集訓，讓趙燁有一種期待，他想知道自己到底達到了什麼程度。

處理頭部傷口的第一步很簡單，那就是理髮。

任何一個神經外科也就是腦外科的醫生，要學會的第一件事不是縫合，不是握手術刀，而是理髮。

狀如柳葉的手術刀在手中跳動，頭髮一縷一縷地飄落。這一幕如果被理髮師看到了，也會感到慚愧。

理禿頭的技術的確沒幾個人比得過趙燁，特別是用手術刀理禿頭，更是獨步天下的。手術練習到極致的時候，就變成了道。

領悟了道的奧秘，做任何相關的事情都將無往不利。

人的頭皮很厚，頭皮下就是結實的顱骨。顱骨下是硬腦膜，在這三道防線後面，就是脆弱的腦組織。

骨折的顱骨嵌入了硬腦膜，現在還不能確定是否傷害了腦組織。目前也不用考慮這點，急救要做的是先期的簡單處理。

「你們先出去，我要對病人進行簡單的處理！」

「我想陪在他身邊，可以麼？」老羅的妻子說。

「你不需要助手麼？」護士說。

「出去，出去，在這裏耽誤了我，萬一失誤了，你們負責麼？」趙煒怒目圓睜地吼道。

兩個人不情願地出去後，趙煒露出了得意的笑容，他開始對病人做「簡單」的處理……

女人通常把女人看做同類，而將男人看做另一個物種。同類之間很容易交流，被異類趕出來的兩個同類，在門口很快就如老朋友一般聊了起來。

「別擔心，你老公的傷不是很嚴重，只要當時沒喪失意識，也就是暈倒，一般都沒有關係。」護士說。

「那真是太好了，我真要謝謝你們這些醫療工作者，不知道以後那傷口附近會不會長頭髮？」

「哎，這個有什麼好擔心的，男人就算不長頭髮，也醜不到哪裏去。再說你老公這麼帥，又事業有成，真是羨慕你啊！」

兩個人越聊越投機，真把對方當成了好姐妹一般。老羅的妻子東拉西扯了一番後，話題一轉。

「妹妹幫我找個好醫生，我有些擔心……」

「放心，我一定會幫你找最好的醫生。找我們趙主任，你是我姐姐，她肯定會幫忙。現在這個幫忙做緊急處理的醫生也是不……」

護士本來想說這個醫生也不錯，可她的表情突然凝固了，然後轉身跑回護士站，冷靜地撥通了電話。

她撥的是急救科主任的電話，聲音很小，內容也很簡單，老羅的妻子根本聽不清。護士打完電話，又跑去拚了命地敲門，弄得老羅的妻子很是不解。

趙燁當然知道護士敲門是爲了什麼，他早就預料到了，護士早晚會發現他實習生的身分，只是沒想到這麼快。

「哎，敲門都敲得這麼難聽，真是的。」

趙燁瞥見患者老羅兜裏的手機，「哇，真有錢，還蘋果iphone。蘋果的東西的確不錯，音質還行。現在的中年人都這麼狠？重金屬搖滾？」

護士敲了一會兒門，決定放棄了。她覺得自己太倒楣了，竟然碰到這麼大膽的實習生。她此刻只能祈禱，祈禱實習生不要搞出人命，否則不僅獎金沒了，她還要承擔一定的醫療事故責任。

護士沒有辦法了，她只能等趙主任來處理，祈禱科室主任能早點過來。

「發生了什麼事？」老羅的妻子問。

「沒什麼，我剛剛叫趙主任來了，放心放心。哈哈……」護士覺得自己笑得好假，因爲她心裏一片苦澀。

「沒事？沒事裏面怎麼開始放搖滾樂，聽著怎麼這麼耳熟？又是那個狐狸精的電話聲，死傢伙，竟然跑去見那個狐狸精，我說怎麼會無緣無故打架。」

敲門聲再次響起，這次輪到老羅的妻子敲門了。因爲那瘋狂的重金屬搖滾，老羅的妻子也變得瘋狂，血紅的眼睛，怒血沸騰。

音樂給了手術刀靈魂，狂暴的靈魂，快節奏的兇猛的手術刀。音樂給了縫合針靈魂，連續的縫合，讓頭皮看起來似乎不曾裂開。

跟著節奏扭動的趙燁似乎漫不經心，可患者頭上的傷口卻漸漸復原，他沒有一絲一毫的失誤，這是完美的清創手術。

在敲門聲中，趙燁完成了「簡單」的處理，一個在門診室內完成的手術，第一次真正的獨立處理病人，光明正大地處理病人。

趙燁沒有激動，也沒有自豪。相反地，他很平靜，那要命的特訓，多年來不被人理解，甚至屢遭嘲笑的特訓，終於有了回報。

「嘿嘿，醒醒。」趙燁搖了搖病人。

沒有反應！

「嘿嘿，起來看美女了。」

趙燁想喚醒老羅，不過是給自己找一個脫身的辦法，因爲從門口那敲門的力度來看，出去恐怕會被撕裂。

有時候趙燁覺得自己運氣不錯，甚至經常有些神奇的表現，例如今天，老羅竟然真的清醒了。

當趙燁打開門興沖沖地準備告訴老羅妻子，患者奇蹟般清醒的時候，迎來的卻是老羅妻子肥嘟嘟的拳頭。

都說女人的粉拳打人不痛，但趙燁卻不這麼認爲。如果不是避開了那女人的拳頭，趙燁覺得自己肯定會頭破血流，說不定自己會跟老羅一樣，縫個幾針。

「住手，你老公已經清醒了。」趙燁閃過拳頭說，老羅的妻子不敢相信自己的耳朵，更不敢相信自己的眼睛，直直地向剛剛清醒過來的老羅走去。

趙燁總算躲過了一劫，可後面還有一劫，趙燁突然發現護士竟然憤怒地看著自己。

「護士姐姐，有什麼問題麼？」

「你一個實習生竟然什麼都敢做，難道不怕人家去告你？」

「我當然不怕，因爲你不會告訴這家人我是實習生，不是麼？把我告上法院對你、對科室、對醫院都沒有好處，不是麼？」

趙燁那張小人得志的臉讓護士看得非常不爽，她很想抽趙燁一巴掌，也不管他是不是救了那個患者。

但她的手始終伸不出去，因爲她看到科室主任來了。

急救科主任名叫趙依依，很柔弱的名字，任誰也無法把這個名字跟一身職業裝，烏黑的長髮高高盤起，一副金絲眼鏡，一雙細腳高跟鞋聯繫到一起。

「病人怎樣了？」

「正在病房裏跟老婆……呃……打架。」趙燁瞥了一眼病房，「我們似乎不應該去打擾他們。」

趙依依也看了一眼，的確，兩口子在打架。她覺得今天簡直是進了精神病院，實習醫生發瘋，竟然獨自在病人身上亂開刀，病人竟奇蹟般復活了，然後開始跟老婆打架。

當然這一切趙燁覺得很正常，甚至兩個人打架都很正常，因爲趙燁出來的時候用那個蘋果手機接了個電話，電話的另一頭是溫柔的女聲……

「好了，你跟我來辦公室。」

趙燁覺得眼前充滿了危險！因爲第一眼看到這個趙依依主任的時候，他的腦海中就閃出兩個字，妖孽！

變態大叔李傑給他的集訓裏包括了火眼金睛，他一眼就看出這個女人不簡單。

趙依依是個看起來永遠二十七八歲的女人，是個永遠穿著職業裝不苟言笑的女人，是個冷冰冰卻又有著巨大吸引力的女人。

科室主任的辦公室是獨立的，裏面的裝潢典雅別致，魚缸裏游動的熱帶魚，牆上懸掛著抽象派油畫，火紅的地毯。

「坐吧。你叫什麼名字？」

「趙燁。」趙燁大方地坐在沙發上，既來之則安之，現在想那麼多也沒有用。

「不可否認，你剛剛處理那個病人的手法不錯，但你過於大膽了，一個手術包，沒有任何生命監視儀器，你就敢動這樣的手術？」趙依依的語氣中夾雜著稍許憤怒。

「對我來說，這不算手術，不過是簡單的清創縫合處理，我有百分百的把握，爲什麼不做呢？」

「我知道，你以爲我不會懲罰你，害怕懲罰你，害怕將這件事抖出來，讓病人家屬知道。那你就打錯如意算盤了，對你這樣的實習生來說，我懲罰你的辦法有一萬種。而且我也不怕讓病人家屬知道，是一個實習生越權治療病人。」

在趙依依咄咄逼人的氣勢下，趙燁微笑著說：「趙主任，你不會懲罰我。不是麼？」

「我討厭自作聰明的人！」

「哎，其實你要懲罰我早就做了，您一定有事，如果不說我就回去了。你看我累了一天，沒功勞也有苦勞吧。」趙燁裝出一副可憐相。

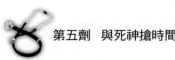

「一個禮拜前，我們科室收了一個女病人，聽說他被一個實習生急救才保住命。我看過那個病人，很精準的處理手法，很精彩的心包穿刺引流，醫院中絕大部分醫生都沒有這個水準，我想是你做的吧。」

趙燁覺得自己開始冒冷汗了，此刻他已經不能否認，「沒錯，是我，我那天喊救命沒人來啊，沒辦法啊。」

「這都不是問題，我不想追究，也沒有責怪你的意思。我只是覺得你還不錯，留在急救科吧。你就算……嗯，算是我帶的學生，雖然我只帶研究生，如果你能讓我滿意，我就跟學校說保你當我的研究生。」

趙燁覺得春天來了，研究生耶。如果問一百個人，學醫的最在意的是什麼，肯定會有一百零一個人回答，學位！多出來的那個是搶答的。

很多人會覺得不可思議，可事實就是如此，醫院是半科研機構、半事業單位。升職加薪全靠職稱，職稱的基礎就是學歷。

研究生對趙燁來說雖然是個不小的誘惑，但趙燁更感興趣的是急救科，沒找到地方實習的趙燁，感覺天上掉下來個大餡餅。

其實這都不是理由，讓趙燁留在這裏最大的理由，是急救科主任似乎很看重趙燁，而且給了他相當大的自由。

在嚴謹的醫學界，到處都充滿了條條框框，自由是無比寶貴的，而趙燁只有在自由的空氣中才能真正成長。

趙燁很滿意這個條件，可他卻裝模作樣地說了句，「我考慮考慮，考慮好了再答覆您。」

第六劑

必敗的手術

這腫瘤是沒法清除的，因為切除它肯定會碰到神經。破壞了神經，輕則癱瘓，甚至大小便失禁，生活不能自理，重則病人將永遠不會醒來。

沒有一個醫生願意做這樣的手術，因為這是必敗的手術。也沒有一個患者願意做這樣的手術。

保守治療成了最好的選擇，可以延續病人的生命，醫生也樂得清閒，這成了醫生與患者之間的默契。

趙燁從來不會長時間沉浸於某種情緒中，任何快樂、悲哀一會兒就過去了。有人形容此爲闊達，通透。但趙燁卻認爲這應該稱之爲沒心沒肺。

沒心沒肺的趙燁，握著白色的貼著可愛卡通圖案的蘋果手機犯愁了。

手機的主人必定是有錢人，而且還是女人，因爲手機上貼這麼多這麼萌的卡通圖案，絕對不會是男人。

最重要的一點是，趙燁知道這東西是誰的，是患者老羅情人的。

情人這個詞讓趙燁鄙視，年輕的女人爲了金錢、爲了虛榮，出賣肉體，出賣靈魂。

可他卻不知道這手機怎麼會跑到自己白大褂的兜裏，想了半天，或許是老羅爲了不被他老婆發現這手機，想毀滅證據，就將手機丟進了自己兜裏。

於是這漂亮的手機成了趙燁的累贅。

扔了吧，太可惜了，怎麼說也是個蘋果手機啊。

還給老羅？那不是火上澆油，破壞夫妻的和諧生活麼！

打電話還給人家？好像老羅夫妻的戰爭導火線還是自己燒起來的，再說這手機的主人在老羅妻子的口中是一個二奶，很不光彩的職業，她是不可能出來跟陌生男子見面，拿回手機的。

趙燁也不想跟這樣的人見面，不想跟這樣的人有任何關係。

既然沒有辦法，那麼就把事情推給別人，讓別人去煩惱吧。

趙燁一向都是這樣，所以他很快樂，很逍遙。

趙燁撥通了手機，嘟嘟嘟幾聲之後，電話的另一頭傳來甜美的女聲。

「喂，你找誰？」

「你好，我是市公安局的，要找俞瑞敏同學瞭解一下情況，是關於你發現強姦案受害者的情況。」

趙燁不用變音軟體就可以模仿出大叔的聲音，而且還是很猥瑣的大叔。當然他的手機也很強大，山寨手機便宜又好用，還可以隱藏電話號碼。

「啊！不是瞭解過了麼？我知道的全都告訴你們了，證物你們也拿走了。」俞瑞敏自從拿了那變態的男人專屬道具，心裏一直有陰影，此刻她是真的不想再回憶起跟那東西有關的事情了。

「同學，作爲一個公民，作爲一個大學生，我希望你能配合我們的調查，這次不會用很長時間。」

「好的，我這次要去哪個公安局呢？」

「我聽說還有另一位實習生也瞭解情況，叫趙燁，你先去找他，讓他帶你過來。」

趙燁打完電話就掛了，等了一小會兒，俞瑞敏的電話來了。

趙燁故意等了一會兒才接通電話。

「喂，學長，不，師兄，公安局的員警叔叔找你，希望你現在去派出所一趟。讓我轉告你。」

趙燁心裏暗罵這個小丫頭，果然奸猾，員警叔叔讓你跟我一起去，竟然騙我自己過去。

「師妹，你先過來吧，員警叔叔在我這裏了。他們說要見你，放鬆點，不要害怕，最多關你幾天。我的地址是……」

趙燁打完電話，跑回自己的出租屋，到廚房下了碗麵條，一邊看電影，一邊等著俞瑞敏過來。

天色漸漸暗了下來，在開水的嘟嘟聲中，俞瑞敏敲開了趙燁的大門，或者說踹開了更恰當。

俞瑞敏的滿腔怒火沒處釋放，憑什麼啊，憑什麼要被趙燁這個混蛋欺負啊，憑什麼自己要拿著那麼噁心的東西，一個守法的公民爲什麼要被員警帶走啊。

現在全校學生都在笑話她，俞瑞敏覺得很委屈，在看到趙燁那張賤兮兮的臉時，那委屈變成了憤怒！

「學妹，你終於來了。」

「員警呢？員警在哪兒啊？」

「員警已經走了，如果你晚來一會兒，我就見不到你了。」趙燁一臉的悲切。

「怎麼了？」

看到俞瑞敏怒氣消了，趙燁知道自己成功了，於是擺出一副憂鬱的樣子說：「員警叔叔本來是要找你的，可我跟他們解釋清楚了，其實這事兒跟你沒關係，都是我的錯。」

「我就不該讓你拿什麼罪證。現在犯人抓到了，需要一個人去作證，我就想啊，你一個女孩子，怎麼好作證，怎麼好去指證那樣的罪犯呢。於是我決定，我替你去……」

俞瑞敏突然覺得誤會趙燁了，這師兄雖然平時沒個正型，卻也明白事理，對自己也算不錯，在這種時候還能爲自己著想。

「我真不知道說什麼才好，謝謝你！」

趙燁心裏都笑翻了，可臉上依然滿是憂鬱，靜靜地說：「這都不算什麼，是我拖累了你才對，我要去作證，這段時間恐怕不能回來了，你要爲我保密，千萬不能說我是證人，另外還要拜託你一件事。」

「什麼事，我一定幫你。」此刻，她對趙燁十分感激，同時也感覺自己剛剛踢開趙燁的門很過分。

趙燁在這個女孩心中的形象又高大起來。

趙燁從兜裏掏出那貼滿卡通圖案的白色蘋果手機，交到俞瑞敏手裏，「這手機是我撿的，你拿去還給它的主人。」

「什麼都不用說，給她就好，手機的主人如果問起來，你就說小花園撿到的。你也可以打電話給手機的主人，說你的手機被我綁架了，快點拿飲料一瓶贖回你的手機。」

俞瑞敏笑了笑，接過手機，拿在手裏仔細看了看，似乎發現了什麼，進入手機的聯繫人功能表。

趙燁覺得很奇怪，於是問，「怎麼了？有問題麼？」

「這手機你從哪裏弄到的？」

「撿到的。」

「胡說，再騙我送你去公安局。」

趙燁覺得她不是開玩笑，於是說出了實話：「這手機是個女孩的，是一個患者的情人，那患者的老婆來鬧事，他慌亂中將手機塞到了我的兜裏。」

「你真的想去公安局麼？」

「我好冤枉，我比竇娥還冤枉，我說的話你怎麼能不信呢？你要信任我啊。」趙煒覺得這世界太奇怪了。說假話，人家信，說實話反而不信。

俞瑞敏覺得趙煒沒理由騙自己，但她卻怎麼也不相信趙煒，原因很簡單，她認識這個手機的主人。

這手機是她隔壁宿舍學姐的，同屬長天大學醫學院護理系，不過比她大兩歲，快要畢業了。

俞瑞敏怎麼也想不到那漂亮的學姐是別人的第三者，學姐是那麼善良，那麼樂於助人。俞瑞敏猜不透趙煒是一個什麼樣的人，有時候他的形象是勇敢，正義的，有時候卻又那麼流氓，所以，此時她仍然不能相信趙煒的話。

「我不信，你跟我去見個人！」

「誰？」

「手機的主人！」

一直以來趙燁都覺得世事無常，似乎老天總喜歡跟自己開玩笑，經常發生些想不到的事情。

仔細想想，生命中不可思議的事情的確太多，趙燁想不到自己一直堅持的，一直被人嘲笑的變態訓練，會真正的在外科手術上發揮作用。也想不到那猥瑣大叔的教導竟然讓他的技術有了質的飛躍，一下子變強了許多。更想不到的是這個手機的主人，趙燁竟然認識，而且還是很熟悉的那種……

趙燁很久沒有接近女生宿舍了，特別是美女如雲的護理系宿舍。

因爲學醫的人都知道，能在變態的醫學院熬上五年甚至七年的人，都不是什麼正常人。

趙燁在女生宿舍等了好久，也不見余瑞敏下來。

他並不孤獨，在女生宿舍樓下不只是他一個人在戰鬥！一個男生竟然拿著玫瑰花在樓下等待著。

那男生中等身材，高高的鼻樑上架著副黑框眼鏡，白白淨淨很斯文的樣子。他看到趙燁笑了笑，並沒有說話，一看就是個粉嫩的新生。

「等女朋友？」趙燁掏出一支煙點燃了，吐了個煙圈，然後又抽出一支煙遞給他，「抽煙？」

「現在還不是我女朋友，不過很快就是了！我不抽煙，吸煙有害健康啊！學長，學醫的怎麼能吸煙呢？」

「挺有信心的，不過這信心不要只在女人方面！醫生大多都吸煙，你不知道麼？要相信，自己不是因爲吸煙得肺癌的人！」

時代飛速發展，三年一代溝，純潔的同學已經不能夠理解趙燁的邏輯了。所以他只是笑笑，繼續等他未來的女朋友。

余瑞敏下樓的時候莫名的哆嗦了一下，抬頭看了看天，發現這是豔陽高照，怎麼會起寒顫？

環顧四周，她發現了根源！原來一個猥瑣男在看她，余瑞敏毫不客氣的對那猥瑣男秀了秀拳頭。

但那人似乎並不懼怕她，竟然很囂張的迎著那拳頭走了過來，余瑞敏有些慌了，完全忘記了自己的相貌吸引不了色狼！

那男生每靠近一步，她就不由自主的後退一步，不知不覺中手心滿是汗水。

看著那男生漸漸的靠近了自己，她害怕極了，慌忙中她瞥到了不遠處的趙燁，不知道爲什麼，她特別希望趙燁這個更猥瑣的男人會救她，而不是什麼騎著白馬的王子！甚至她覺得趙燁應該來救她，彷彿天經地義一般。

那男生沒有傷害她，甚至沒有對她做任何事情，只是從她身邊路過，很奇怪的看了她一眼，然後拿出藏在身後的玫瑰花，送給了余瑞敏身邊的女孩，白色蘋果手機的主人。

「小惠，這是我送你的玫瑰花，希望你能喜歡！」

「謝謝！」叫做小惠的女孩微笑著接受了花，送花的男生並沒有說出自己心中的愛戀，因爲他覺得這樣就夠了，每天能夠看到她的笑就足夠了。

余瑞敏惱怒的瞪了那牲口一眼，然後拉著小惠疾奔，再也不給那男生機會。

「小惠姐，就是他，就是他撿了你的手機。可是他說你是那個……」俞瑞敏不知道怎麼將「小三」這兩個字說出口。

「手機是你的麼？小惠。」趙燁問。

「是的，很久不見了，你們還好麼？王鵬還好麼？」小惠看到趙燁先是驚訝，隨後很快恢復了平靜。

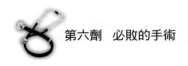

兩個人很早就認識，甚至很熟悉，她曾經是趙燁的好兄弟王鵬的女朋友，王鵬那個時候還不是絕世宅男，在小惠離開王鵬之前，只能算一般宅男而已。

現在，趙燁覺得她很陌生，趙燁從來沒想過她會變成這樣。

「你們認識啊？」俞瑞敏驚道。

「手機還給你。」趙燁說完轉身要離開，他不願多說一句話。

「一起去吃個飯吧。」

「不必了。我覺得你吃飯不需要我來陪，很多人等著你呢，不是嗎？」

趙燁的冷嘲熱諷讓小惠很難堪，她低著頭，咬著下唇說：「算是你撿到我手機的答謝。我們還是朋友，不是嗎？」

趙燁本不想再看見這個女人，愛慕虛榮，不潔身自好的女人是趙燁最討厭的，可他這次卻沒有拒絕。

小惠是個聰明的女孩，趙燁已經知道她做了別人的情婦，她還邀請趙燁，一定是有話要說。

「是的，我們曾經是好朋友。」趙燁故意將曾經說得很重。

余瑞敏看了看兩個人，天真地以為兩人是舊情人，似乎小惠背叛了趙燁，似乎要舊情複燃，不由得替他們高興，然而高興過後，又是一陣莫名的失落。

長天大學是所綜合性大學，所謂綜合性就是學院眾多，學生眾多，卻不是什麼實力強勁的表現。然而人多卻給當地人帶來了無數的發財機會。

他們在學校附近賣各種小玩意，開各種店面，其中最多的當屬飯店。給四萬人提供飲食是個龐大的蛋糕，而分蛋糕的是數不清的小飯店。

趙燁跟小惠不約而同的選擇了同一家店，在進入飯店的時候，胖老闆先是一愣，而後露出了歡喜的笑容。

「哎，小燁很久沒有來了！今天竟然帶來了兩個美女，這位同學怎麼很眼熟？」

趙燁不由得苦笑，這店已經很久沒有來過了。一樣的店，老闆還是那個老闆，但客人卻不是那些人了。

胖老闆說眼熟的時候，小惠本想說，我是小惠啊！可她突然覺得自己錯了，自己再也不是那個小惠了，在店老闆眼裏，在趙燁眼裏，在王鵬眼裏。

隨便找了個地方坐下，沒有人先開口，只是靜靜的喝著劣質的茶葉。趙燁甚至無聊的吸了一支煙。

俞瑞敏覺得氣氛很尷尬，她以爲趙燁跟小惠是老情人，於是決定撮合他們，「師兄，你平時挺能說的，今天怎麼不說話了，是不是我小惠姐太漂亮了，你故意裝老實啊。」

「差不多兩年沒見了，沒想到會以這樣的方式見面，你們過得還好嗎？」俞瑞敏想讓趙燁先開口，卻不想是小惠先打破僵局。

「還可以吧，老四搬出去了，我也搬出去了，董偉強出國了，至於王鵬，還是那樣，宅男一個。」

趙燁說的是他們宿舍的四個人，或者說曾經宿舍的四個人。

「你怪我麼？我們還能做朋友麼？」

「不，我不怪任何人，包括你和老四。每個人都有自己的選擇，那是你們自己的事情，誰都無法改變。」

小惠還想說什麼，卻聽趙燁說：「菜上來了，我們吃飯。」

小惠知道趙燁不怪他，卻也沒原諒她，趙燁是他們宿舍的老大，曾經對待自己就像對待妹妹一樣。

「吃過飯陪我去一下醫院好麼？」

「醫院？」

「好啊，我們一起去醫院。」余瑞敏不等趙燁答話，搶先開口了。她錯誤的覺得這兩個人是對癡男怨女。

趙燁跟小惠兩個人的對話，在她的腦海中變成了這樣的一個故事。趙燁與小惠是情侶，那個什麼老四是第三者，他搶奪了小惠，而趙燁作爲老大則爲友情割讓愛情，現在小惠明白了趙燁的良苦用心，想要回到他身邊……

余瑞敏因此決定趙燁也算有情有義，只不過太傻了點，只有傻子才會把女朋友讓給所謂的兄弟。

因爲在余瑞敏看來，真正的兄弟之間不會搶女人，即使你讓給他，他也不會接受！兄弟之間應該是無私的，相互奉獻的，包括女人！

什麼爲友情放棄愛情啊，全是傻子。

小惠從前是個青澀的鄰家女孩，漂亮的她從來不化妝，即使是最簡單的裝扮。天真可愛是所有人對她的感覺。

現在的小惠一身名牌，Dior的牛仔褲，Prada的精品包，香奈兒的上衣，整個一時尚女郎。

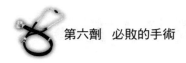

她再也不是那個小惠，起碼不是那個純真的小惠。

如果說勢利眼讓人鄙視，那麼在醫院裏就算有一百雙眼睛也不夠鄙視的。穿著時尚的小惠受到了護士以及醫生們的熱情接待。

而穿著寒酸的趙煒跟余瑞敏猶如小惠的跟班，被人遺忘在角落裏。

長天大學附屬醫院腫瘤科是最讓人恐懼的地方，即使在科技日新月異的今天，癌症依然是人類最難攻克的堡壘，沒有人願意來這裏。

不僅僅是病人，醫生也不喜歡在腫瘤科，趙煒就是其中之一，因爲腫瘤科實在太打擊人了。

一個醫生一輩子也醫不好幾個病人，實在是打擊人，不是醫術不行，實在是癌症太難治。

癌症起病隱匿，發現的時候，無論開刀、放療、化療不過是爲了續命而已。

趙煒跟著小惠走進病房，豪華的單間病房，病床上躺著一位中年婦女，年紀在五十歲上下，她佈滿皺紋的臉一片蒼白，因爲化療頭髮稀少，有氣無力地平躺在床上。

原本沒有精神的病人看到小惠後，顯得非常高興，掙扎著想要爬起來，卻四肢無力，怎麼也坐不起來。

誰都看得出來，病人是小惠最親的人，她的母親。

她母親已經病入膏肓，長期化療抑制了病情，也扼殺了她的生機。

趙燁看出，這病人有巨大的椎體腫瘤，具體位置雖然不能確定，但肯定很難取出。

其實到這裏，趙燁已經明白了，小惠的墮落是因爲她的母親，但這是理由麼？這算是理由麼？

「這是你的同學麼？他就是你經常提起的王鵬麼？」小惠的媽媽指著趙燁說。

「媽，他不是，他是我的學長，叫趙燁。我跟你提過他的，很照顧我的那個。」小惠有些不好意思，趕忙糾正道。

「哎，小惠給你們添麻煩了，她總說你們經常照顧她，我病成這樣，讓小惠受苦了。如果不是你們照顧她，她不知道要受多少苦。」

趙燁不知道小惠是如何對她母親撒謊的，但卻能從她母親的言語中略知一二。但是，他對小惠的做法依然不能原諒，正如趙燁所說，每個人都有自己的路，每個人都有不同的選擇。

此時，趙燁很矛盾，因爲家庭困難出賣了自己的人只在電視上看過，趙燁也同情過她們，覺得她們很可憐。

可小惠，這個曾經的好朋友，趙燁怎麼也可憐不起來。特別是看到她一身名牌，享受眾星捧月的樣子。

「給我看看片子。」趙燁說。

小惠知道趙燁這是在委婉地問病情。出於保護，癌症患者多數不知道自己的病情，小惠媽媽也是。

曾幾何時，小惠希望能夠出現奇蹟，有人能拯救自己的母親，就像以前自己在學校裏被人欺負的時候，就是趙燁帶著宿舍的兄弟們幫她打架，王鵬還因此受了傷。

回憶，是那麼美好。希望，是那麼遙遠。

她並不期待趙燁能看出什麼，畢竟他只是個實習生。

CT增強掃描片，MIR……趙燁對著燈光反覆地看著片子，脊柱上有很大一個腫瘤，從不同的時間看，腫瘤在明顯增大。

這腫瘤是沒法清除的，因爲切除它肯定會碰到神經。破壞了神經，輕則癱瘓，甚至大小便失禁，生活不能自理，重則病人將永遠不會醒來。

沒有一個醫生願意做這樣的手術，因爲這是必敗的手術。也沒有一個患者願意做這樣的手術。

保守治療成了最好的選擇，可以延續病人的生命，醫生也樂得清閒，這成了醫生與患者之間的默契。

然而保守治療唯一的問題就是錢，小惠現在似乎不缺錢，她一條迪奧牛仔褲就可以讓她母親住一個禮拜。

「師兄，片子上都是什麼？我怎麼看不懂！」俞瑞敏看著趙燁手中的片子說。

「片子上說，可以進行手術治療，並且有百分之九十的把握治癒！」趙燁很自信，熟悉他的人都知道他從不說大話。

小惠是熟悉趙燁的人，即使差不多兩年沒見面了，她依然相信趙燁不會騙人。可是她卻覺得趙燁這次是過度自信。

腫瘤科的專家們曾經說過，這腫瘤沒有人能不損傷任何神經取出來。長天大學附屬醫院的腫瘤專家在全省都算得上是最好的。

俞瑞敏見過趙燁急救，冷靜的表現，神乎其技的手法，讓她覺得趙燁無所不能，甚至忘記了他只不過是個實習醫生而已。

「小惠姐姐，你看趙燁師兄還是很關心你的麼，我看你們倆有什麼恩怨就此勾銷了吧，快點和好吧！」

在余瑞敏眼裏，兩個人就是癡男怨女，因爲誤會而分開的情侶。在說完這番話後，她覺得自己是在做好事，可是爲什麼做好事也會覺得失落呢？

可能是不願意看到小惠姐姐跟著這樣一個猥瑣男吧！余瑞敏這樣的勸說自己，用著自己也不相信的理由。

病房裏的氣氛有些尷尬，小惠有些不好意思，卻又不知該怎麼解釋。趙燁則是懶得解釋，現在的他，滿腦子都是小惠母親那顆腫瘤。

小惠的母親因爲疾病，耳朵不怎麼好，並沒有聽清楚幾個人的對話，同時因爲身體虛弱，沒一會兒就睡著了。

「謝謝你。」小惠走出病房後，對趙燁說：「我代表我母親謝謝你，謝謝你給了她希望，她很久沒這麼高興了。」

她覺得趙燁不過是在騙她母親，讓她高興而已。

「我說的不僅僅是希望，我真的能讓她好轉，不過只能延長五年壽命，但比這麼活受罪強多了，而且她這樣下去，最多活三年。」

「你真的覺得我母親可以手術？可是，可是……」小惠驚訝得有些結巴。她不敢相信，奇蹟真的會降臨。

「可是所有的醫生都說，你母親的病保守治療最好對麼？沒錯，她應該保守治療，在手術不能取出腫瘤的情況下。但我說我能取出腫瘤，並且有九成把握不損傷任何神經。」

「對不起，謝謝你。」

小惠的話很矛盾，但趙燁卻聽得很清楚，對不起是在向自己說，更是在向她以前的男友王鵬說。

感謝則是感謝趙燁今天能陪她來看她的母親，能關心她，不管這手術成不成功，她都要感謝他。

余瑞敏一頭霧水的看著兩個人，她很想說，以身相許不就是最大的感謝麼，小惠姐你還在等什麼？

「我走了，你不用謝我，這是醫生應該做的。時間不早了，我回去了。」

「不管你怎麼想，你在我心中永遠是我哥哥。希望你能告訴王鵬，別再玩遊戲了，我對不起他！」

如果不提王鵬，趙燁還不會生氣，一直以來他都不願提起這件事，可小惠卻哪壺不開提哪壺，趙燁再也忍不住了。

「王鵬或許心中還有你，但那也是恨，跟你沒有任何關係……至於我，我認識的是兩年前的小惠，現在的你，我很陌生。」

冷冰冰的語言猶如一柄戰斧，將一切擊碎，淚水不爭氣地流下來，小惠轉過頭去，不想讓任何人看見。

理由並不能成爲藉口，有些事情，任何理由都是蒼白無力的。

流氓就是流氓，無論如何也不能成爲紳士！

余瑞敏是這樣評價趙燁的，在她眼中，趙燁永遠都不會懂溫柔，永遠都是那個嬉皮笑臉惹人討厭的混蛋。

小惠的眼淚沒有逃過任何人的眼睛，就連余瑞敏這樣大大咧咧如男孩子般粗心的傢伙都看到了。

她咒罵著趙燁的視而不見，咒罵他這個混蛋永遠不知道疼愛別人，她帶著傷痛欲絕的小惠回到了宿舍。而趙燁絲毫不在乎別人的評價，更不爲自己的所作所爲後悔。

戀愛是美好的，每個人都有過一份刻骨銘心的回憶，或者有份美好的憧憬，又或者正在享受著人生最美妙的時刻。

年輕是財富，年少時最寶貴的財富之一，就是與相愛的人度過的快樂時光，那是用什麼都換不來的東西。然而也有一些人，回憶那美好的時光，總是悲痛多過高興。

這樣的人喜歡憂鬱的藍色，他們感性，喜歡看海，喜歡悲傷的情歌，喜歡沉迷於某種事物中，不能自拔，他們必須給自己找點事做，因爲他們害怕一旦閑下來，就會忍不住回憶過去，那是一種不能承受的悲傷。

趙燁內心中充滿了矛盾，他看不起成了別人情婦的小惠，然而，也同情她。

世界是悲哀的，社會是悲哀的，悲哀的貧窮女大學生，需要去當情婦才能救活自己的母親。

愛情是悲哀的，所謂的海誓山盟，一文不值，不過幾萬塊錢就可以讓驚天動地的誓言分崩離析。

人是悲哀的，爲了滿足虛榮，爲了名牌衣服，可以出賣自己的肉體。

趙燁可憐小惠，可憐她母親的病情，同時也鄙夷她，救母親去做情婦如果是一個值得人同情的理由，那麼穿著名牌，揮霍青春，用做情婦得到的錢去揮霍，則將這同情擊得粉碎。

穿著時尙的小惠，每天都有人在樓下等待，等待她美麗的身影，然後送上鮮花。她只需要說聲謝謝，就會讓那癡情的男子高興一天，但是，她真的快樂麼？

不分四季躲在屋裏的宅男王鵬，他從來不下樓，每天躲在屋裏，用遊戲來麻醉自己。他追求的是什麼？趙燁替王鵬不甘。

長天大學醫學院有一幢最古老的宿舍，那不知什麼年代建起來的四層樓，是眾多鬼故事傳說中的發生地。

醫學院宿舍流傳了無數讓人驚悚的鬼故事，每天接近天黑的時候，這裏很少有人單獨出現。

幾乎每個學期都有學生信誓旦旦的說在這裏見到鬼，或者在宿舍年久失修的樓道中，或者在不遠處的解剖室門口。

剛進校門的時候趙燁真有點害怕，晚上甚至都不敢一個人出去，但時間久了他就明白了，這不過都是一些把戲而已。

這些都是高年級的同學編造出來，用來騙新生的，特別是女生！

雖然很老套，但很實用。

新生就像一張白紙，寫上去什麼就是什麼！

趙燁現在也算是老生，可他跟他那些兄弟們從來沒有弄什麼鬼故事來騙新生，這並不是說這群牲口們很老實，很善良。

二〇七宿舍的那扇掉漆木門永遠不會鎖，因爲宅男王鵬永遠也不會離開這裏。即使到了實習的關鍵時刻，他依然不關心任何事情，因爲他的心已經死了。

一切還是那麼熟悉，一切都那麼難忘。

趙燁覺得自己似乎還是在大一的時候，那個時候他還是個新生，每天回到二〇七宿舍，跟宿舍的兄弟們聊天，打鬧，難忘的時光，快樂的時光。

可現在屋裏卻只有王鵬一個人，戴著耳機靜靜地打著遊戲，甚至沒發現趙燁進來。

「吃飯了麼？」趙燁走到王鵬身後，摘下他的耳機問。

「吃了。」王鵬指了指桌子上的速食麵碗，繼續玩遊戲，走火入魔一般。

王鵬的個性很強，拒絕任何人的幫助，即使他沒吃飯，他也不會要求任何人幫他。

趙燁沒說什麼，找個椅子坐下。

他突然覺得似乎回到了從前，回到了大二，當年的趙燁也跟王鵬一起玩遊戲，兩個人一起玩魔獸世界，高興地呼喊著，爲了一個裝備而興奮，爲了幹掉強大的對手而歡呼。

那時，王鵬和小惠還在熱戀中，小惠一頭長髮，柔柔的很漂亮，而且善解人意，經常弄些好吃的送來宿舍給王鵬吃。

一來二去大家都熟悉了，趙燁甚至經常當著面跟小惠開玩笑說，「王鵬這個宅男太對不起小惠了，拋棄王鵬跟我吧！」

當然這是玩笑而已，說了這話後，通常會被王鵬海扁一頓。小惠則在一旁羞澀地笑，很燦爛的笑容。

那段時間，是趙燁大學期間最快樂的日子，大家好像一家人。每天上午玩遊戲，下午，趙燁跟著寢室老二董偉強去打籃球，老三王鵬跟女朋友出去玩。

寢室裏剩下老四張俊，這個小憤青則佔據了王鵬的電腦，上網罵人。

張俊是個憤青，他憤世嫉俗看不慣一切，每次他說女人的時候，總是推著那副並不合適他的眼鏡：「知道麼，正常女孩腦子裏四分之一是帥哥，四分之一是美容，四分之一是理智，四分之一是漂亮衣服。找女朋友要挑，不找愛慕虛榮的女人，不找不會打扮的女人，不找腐女，不找非主流，不找……」總之他列出一堆來，誰也沒記住，也沒往心裏去。

因爲他是憤青，因爲他看東西太過片面，因爲他的心理年紀還是個孩子。

王鵬是個大大咧咧的人，對什麼都不在乎，錢可以亂花，東西可以亂丟。四個兄弟一起醉酒的時候，王鵬拍著胸脯說，我願意跟兄弟們分享一切。

趙燁當時還賤兮兮地說，把小惠分享給我們如何？

王鵬當時就愣住了，猛地乾了一杯，然後說，什麼都行，唯獨小惠不行。過了一會兒他又說，我其實更在乎你們的友情，但我又捨不得她。於是喝多了的四個人肆意地嘲笑王鵬。

唯有張俊不停地喝酒，每次喝多了都會哭，誰也不知道他哭什麼，每次醒來的時候他都不承認。

那是一段快樂的時光，讀書、遊戲，快樂的生活，趙燁很想回到過去，很想再次體驗那時的快樂，卻再也不能了。

因爲小惠，王鵬跟張俊鬧翻了。因爲學業，老二董偉強去考研究所了，剩下了宅男王鵬整天不出屋……

現在趙燁回來了，他想找回那快樂，不想留下任何的遺憾！

小惠在高中時就是王鵬的女友，兩個人其實在初中也是同學，青梅竹馬的一直到大學。王鵬這輩子最在乎的就是這個女朋友，另外他也很在乎友情。

王鵬很單純，做事意氣用事，爲人大方不拘小節，這樣的人每個人都喜歡，這樣的人，生活總是快樂的。

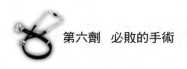

有的時候人生就是折磨，快樂的時候總是很少

趙燁記不得那是什麼日子，在寢室裏，老四張俊跟王鵬兩人毫無預兆地大打出手。確切地說是王鵬在打張俊，瘦弱的張俊根本沒有機會還手。

趙燁沒上前阻攔，沒勸架。

打人的是王鵬，可受傷的也是王鵬。

讓他受傷的是小惠，讓兩人打架的也是小惠。感情的事說不清楚。

王鵬說張俊搶了他的小惠，張俊則默默不語，誰也不清楚。

趙燁並不清楚其中到底發生了什麼事情，因爲最近的一段時間他沒有那麼沉迷遊戲，相反地他正從遊戲裏漸漸的淡出，此刻的他剛剛跟寢室的老二董偉強打完球回來。

老二董偉強是個火爆脾氣，不問三七二十一上前對著張俊就是一拳，張俊只覺眼前一黑，鼻血噴湧了出來。

然後他看到董偉強對著王鵬也是一腳，但比這一拳輕得多……

友情是那麼寶貴，然而破裂又是那麼容易，沒有人知道爲什麼，四個最好的朋友突然間崩散了。

老四張俊自始至終不發一言，一直到他搬出去。

老三王鵬從小惠離開以後，變成了徹底的一天二十四小時遊戲宅男。

王鵬沉默了，不再讓人幫他帶飯，不再要別人的幫助。

四個人的宿舍，在老四搬出去以後，又換過很多人，但沒有一個人能住得長久，過了不到一年，那床位空了。

趙燁曾經想要挽回這一切，然而無論他多麼努力，都沒有絲毫的效果。又過了幾個月，這宿舍變成了二人宿舍。

趙燁搬出去了，很多人都覺得趙燁搬出去是因爲他跟王鵬吵架有關。

吵架是因爲趙燁勸他離開遊戲，回去找小惠！可王鵬竟然發了瘋一般的跟趙燁打了起來，似乎搶了小惠的是趙燁。

那是莫名其妙的憤怒，兩個人打完了以後，很默契的誰也不再提那些事。其實趙燁搬出去的原因很簡單，因爲他不想再這樣生活下去。

現在的宿舍幾乎是王鵬自己的個人房間，兩年過去了，大家就要畢業了。

沒有人願意提起當初的事情，沒有人願意揭開至今還流著血的傷疤。趙燁覺得，如果那傷疤不揭開，傷痛將永遠不會好，那將是一輩子的痛。

「我看見小惠了。」

「哦！」王鵬繼續玩他的遊戲，裝作一副不在乎的樣子，但剛剛趙燁提到小惠的時候，他號稱玩遊戲永不疲倦的手，明顯地停頓了一下。

「她母親得了癌症，不手術最多能活三年。手術，現在只有我能做，你說我做不做？」

「那是你的自由。」

王鵬依然不停地玩遊戲，可內心卻被深深觸動了。

「她沒跟老四在一起，她現在的男朋友是一個大款，有婦之夫，確切地說，她是別人的情婦，你這樣值得麼？」

趙燁的話猶如一根針，刺穿了王鵬的心臟，刺得王鵬遍體鱗傷，刺得他痛不欲生。

時間彷彿停滯了，他的手放在鍵盤上一動不動，遊戲中的人物定格在那裏，彷彿一尊雕像。

過了一會兒，時間似乎又恢復了正常，他顫抖著說了句：「他媽的！」

王鵬哭了，他很多年都沒哭過了。他哭是因爲覺得委屈，覺得上天對自己不公平。

曾經的海誓山盟，竟然還不如幾個臭錢。

「現在的她不値得你這樣，別哭了。」

「這是爲什麼，這是爲什麼啊？」王鵬接受不了這個事實，在心裏，他依然保留著兩人之間美好的回憶，甚至還愛著她。他無法接受這樣的事實，無法相信自己竟然輸給了金錢。

「還可以重新再來，無論如何，我在這裏。無論友情還是愛情，你都可以重新擁有。」

「友情我從來沒有失去過，我知道你們都關心著我。」王鵬很快停止了悲傷，「我一直以爲她會回來，會回來的。」

美好的老派愛情已經遠去，無時不在墮落，也無時不在等待被拯救，等待著還會回來的愛情。

趙燁坐在王鵬身邊，將手搭在王鵬的肩膀上說：「愛情會回來的，但不再是那個人，我給你介紹個美女，系花，系花怎麼樣？」

「算了吧，我估計你給我介紹的沒什麼好東西，你口中的系花，肯定是化學系的那個系花對不？你當我小孩不知道，整個系就她一個姓花的女生，就叫系花，那全校就一個姓花的女生，是不是能叫校花？」

「別生氣，這個……這個……我介紹其他的，你喜歡可愛型的麼？堪比卡通美眉那種可愛的女孩哦！」

「算了，算了！肯定是國產卡通，而且還是非人類主角的卡通，是虹貓還是藍兔？」

王鵬不知道多久沒這樣跟趙燁開玩笑了，他笑得很開心，似乎又回到兩年前那段開心的日子。

「不用擔心我了，我會堅強的。其實我想了很久了，爲她我不值得，不過我還沒準備好而已。現在還有點心痛，陪我去喝一杯吧。」王鵬說。

「好，不醉不歸。」

兩人肩並肩離開了，二〇七宿舍變成了真正的無人宿舍。

電腦螢幕上王鵬那個極品裝備的戰士頭上不斷地冒出數字，最後天色變暗，整個世界變成了黑白色……

遊戲中的角色已經死了，但這一切與王鵬再無關係了。

第七劑

尷尬的初遇

昏暗的燈光下，兩人對視了幾秒後，那女孩滿臉的錯愕，而趙燁則倉皇而逃，他並沒有看到什麼，只知道那女孩似乎剛剛蹲下，至於她的面孔、三圍等等全都沒看清楚。

一時間，趙燁酒意尿意全無。

高興的時候應該幹什麼？

喝酒！沒錯，就是喝酒，趙燁拉著不出屋很久的王鵬出去喝酒。男人傷心的時候喝酒，高興的時候也喝酒，所以這個世界上才有那麼多酒鬼。

趙燁似乎天生對酒精免疫，很少有醉的時候。他第一次喝白酒還是上大學的時候，宿舍幾個人為了剛剛認識的友誼出去喝酒，那次所有人都喝醉了，唯獨趙燁跟沒事一樣，喝完酒還將幾個喝得爛醉的傢伙弄回宿舍。

在酒醒了以後，宿舍的人便稱呼他為肉林大淫蟲，酒池小蛟龍，那偉岸的高大形象讓無數人仰視，在那之後，很少有人跟趙燁拚酒，然而今天王鵬卻不怕死的上了。

趙燁根本無視小弟的挑戰，作為宿舍的老大，整個宿舍喝酒的風氣都是他帶起來，於是趙燁很囂張的對王鵬說，「顫抖吧，凡人！」

空啤酒瓶擺得滿桌、滿地都是。飯店裏其他顧客大半被這兩個不要命的傢伙嚇跑了。唯有不遠處一夥七八個人拼成的桌能跟兩人抗衡。

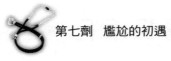

飯店裏觥籌交錯，酒杯激烈地碰撞，醉鬼們肆意地吼叫著，嚇得外面的顧客也不敢進來，弄得老闆欲哭無淚。

兩個人正喝得高興，趙燁酒意上湧，腦袋暈乎乎的，拍著比自己還暈的王鵬說：「打算以後怎麼辦？」

「涼拌！」

「說正經的，哥什麼都沒有，也幫不了你什麼，但你放心，那孫子我認識，我幫你出氣，弄死他我沒有那實力，但出口氣還是能辦到的。」

王鵬知道趙燁說的是包養小惠的大款，很奇怪他沒有絲毫的恨意，如果硬要說他有什麼感覺，那就是不甘心，有些委屈。至於趙燁說要爲他出氣，他也不懷疑，趙燁作爲他們宿舍的老大，從來說一不二，絕對說到做到。

「算了，這些都過去了。大學四年了，什麼都沒有，沒學到什麼，愛情也沒了，只有你這個哥們了，還有董偉強算半個。」

王鵬沒提老四張俊，他非常恨那小子，如果是別人追自己女朋友，王鵬只會一笑而過，自己的好朋友好兄弟竟然……

王鵬想到張俊就覺得氣憤，如果給他一把刀，他會毫不猶豫地砍向張俊。此刻他手裏只有酒杯，於是他只能乾掉一杯酒。

趙燁本來就不是一笑泯恩仇的君子，更何況這仇不是在他身上，看著王鵬受傷的樣子，比傷在自己身上還難受。他已經計畫好了，包養小惠的大款老羅絕對不能饒，至於如何整治他，趙燁還沒想好。因爲他覺得在牆上留下他的電話號碼寫上辦證、替考、找同性戀之類的已經過時了，他要的是更新鮮更好玩的。

「你打算以後怎麼辦？」趙燁又問。

「我還沒想過，不過我肯定不會再玩遊戲了。我這麼多年什麼都沒學到，真不知道回家怎麼交代。」

「不用擔心，畢竟還有一年，既然我是你老大，是你哥，我就不會撇下你不管。」

趙燁不是那種喝了酒胡亂說話的人，他不會看著自己的好朋友好兄弟茫然無措卻不拉一把。

「今天喝酒，喝完酒再說吧。」

趙燁知道他還是有些想逃避，這也無可厚非，傷得深，恢復得自然也就慢，指望一頓酒立馬恢復是不可能的。

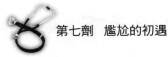

趙燁想了半天，覺得還是得再勸勸他，想大義凜然地說一番，無奈腹部腫痛，尿急難耐，於是告罪奔向廁所。

趙燁這次憋得很厲害，大有黃河氾濫的趨勢。於是他飛奔至廁所，一邊解腰帶，一邊開廁所門。

就在他準備洩洪的時候，突然感覺不對，廁所昏暗的燈光下竟然有一個女孩蹲在裏面。趙燁那握著命根子的手顫抖了，在那純真的面孔前，在那一臉不知所措的驚羞面前，趙燁徹底愣住了。

昏暗的燈光下，兩人對視了幾秒後，那女孩滿臉的錯愕，而趙燁則倉皇而逃，他並沒有看到什麼，只知道那女孩似乎剛剛蹲下，至於她的面孔、三圍等等全都沒看清楚。一時間，趙燁酒意尿意全無。

小飯店的廁所從來不分男女，裏面如果有人，從來都是鎖門的。回到座位上的趙燁，驚魂未定，人人都說他是流氓，可他也只是口頭上的流氓，意淫而已。

他從來沒用行動流氓過，更別提像個變態暴露狂一樣在女生面前展現自己，更不會變態到去廁所偷窺。

剛剛坐下的趙燁，狂喝了幾大杯，可他卻總覺得喝酒的時候不安心，總覺得有人在注視他，很不自在。

小飯店裏只有兩桌客人，一桌是趙燁跟王鵬，另一桌是七八個人在喝酒，趙燁偷偷地瞥了一眼，那桌有幾個女生，他也認不出到底哪個是剛剛跟他互看的女孩。

王鵬發現趙煒很奇怪，於是詢問起來，趙煒也不隱瞞，一五一十地將經過說了，驚得王鵬差點把嘴裏的酒噴出來。

「早知道我剛剛就去上廁所了！」

「早知道我剛剛不去上廁所了！」

「哥，我一直迷戀你，以為你是個傳說，你太讓我失望了，伸頭是一刀，縮頭也是一刀，看我的。」

於是，王鵬拎著酒瓶跑到那女孩坐的酒桌前說：「同學，咱們這麼有緣在這小店裏相遇，不如一起喝點怎麼樣？」

「喝酒好啊，看你有誠意沒，一人敬一杯怎麼樣？」桌上的一個男生說。

「沒問題！」王鵬啪地用筷子將啤酒瓶撬開，然後對著叫囂的男生說，「來，哥們敬你！」

王鵬說完，仰頭將一瓶啤酒喝得一乾二淨，看得那男生始終沒有勇氣端起酒杯。王鵬最恨的就是嘴巴賤的，對這樣的人就要嚇住他，讓他那張嘴巴永遠不敢張開。

王鵬喝了一瓶啤酒後，啪的一下又開一瓶，對下一個說：「來，乾！」

在這群人眼裏，王鵬就是神，王鵬很快乾掉了第二瓶，然後對著第三個人，說：「來，乾！」

第三個人是個女孩，對王鵬有點害怕，於是求饒說：「大哥，休息一下，休息一下。」王鵬覺得自己很高大，在酒桌上被趙燁欺負了這麼多年的自己，原來也是如此強勢的，於是他學趙燁吼了一句：「顫抖吧，凡人！」

趙燁覺得王鵬就像小說中的主角，虎軀一震，渾身散發出王霸之氣，唯一可惜的就是眾位觀眾沒有紛紛拜倒。

受到感染的趙燁也跑過來湊熱鬧，也不知道是受到那位不知名的廁所女孩的目光所逼，還是因爲喝多了舌頭開始打結，趙燁拿著啤酒瓶子，對著桌上最漂亮的女孩，用那充滿酒氣又不乏磁性的聲音高喊：「顫抖吧！小妞！」

大學時代是讓人羨慕的時代，那個時代是率性而爲的時代，同學之間喝酒不用勸，那個時代吃飯無論好壞，都能吃得很高興，大學時代交友不分貴賤，大學時代是一個讓人懷念的時代。

多少年以後，人們回想起那激情的歲月，很多人一臉懷念，「那個時候我們沒有錢！」喝多的幾個酒鬼最後將口袋掏得比臉都乾淨，才算付了飯店的酒錢！不是他們錢帶得少，而是他們喝得太多。

「晚了，我們男生送女生回去，一人送一個。」

大學時代的很多故事都發生在這個時候，男生送女生回去的路上。

王鵬跟趙燁是外來者，這裏的女生不過第一次見面，自然不熟悉。

喝酒喝到現在，趙燁也不知道哪個女生是在廁所裏相遇的，正頭大的時候，他發現王鵬竟然精神抖擻地護送一個女孩離去。

「老大，我先回了。」趙燁明白了什麼叫做醉翁之意不在酒。原來這小子根本沒安好心，他早就計畫跟人家併桌子了。

宅男真可怕！

趙燁想，自己做老大好多年，這麼英明神武竟然被小王鵬算計了。不過他也爲王鵬高興，能對女孩子有興趣了，說明他已經走出陰影。

「你送我回去吧。」一個漂亮的女孩指著他說，趙燁知道這是來尋仇的，不是不報，時候未到啊。

於是硬著頭皮裝作喝多了，一把將漂亮美眉摟過來，那女孩也不反抗，趙燁很邪惡地摟著她。眾人驚訝，沒人知道這兩個剛剛見面的傢伙怎麼跟情侶一樣，難道他們早就認識了？

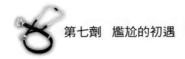

剛剛走出大門，那漂亮美眉就說，「你變態也就算了，看了也就算了，怎麼跑了連門都不關？」

漂亮美眉說著還用力地掐了趙燁一把，趙燁覺得漂亮女孩應該都是柔弱的，可這女孩幾乎是半個武林高手，那一掐不要緊，簡直是內力入體，由手臂傳入五臟六腑，最後，趙燁哇的一下吐了出來。

這一吐不要緊，因爲漂亮美眉過於靠近趙燁，大半吐到了她身上。她驚叫著跳開，卻已經晚了，衣服已經弄髒了。她想弄死趙燁，卻發現他躺在馬路上裝屍體。她想一走了之，可沒走幾步又轉了回來。

「醒醒！」她拍著趙燁的臉，可趙燁跟死豬一樣就是不醒。她生氣地狠狠踢了趙燁一腳，然後將他扶了起來。

趙燁覺得很痛，又覺得很爽，又覺得自己很邪惡，可他就是不醒，確切地說就是裝睡。本來他覺得很不好意思，不僅看了人家，又吐了人家一身。

所以他裝醉，躺在馬路上準備等她走了，自己再起來。可趙燁沒想到，這位僅僅在廁所裏見過一面的女孩竟然回來了，所以他只能裝到底。雖然他不想欺騙這個善良的女孩，可他現在不能起來，只能硬著頭皮繼續裝醉。

那女孩吃力地扶著爛醉如泥的趙燁，而趙燁則邪惡地用一隻手摟著她，享受著溫香軟玉在側。

那女孩走走停停，很累的樣子，趙燁於心不忍，決定在她下次叫自己的時候就醒來。可她卻遲遲未叫，就那麼費力地扶著他。

一直走到學校大門口，她似乎失去了耐心，再次把趙燁丟在地上，毫無準備的趙燁啪地一下摔倒在地，摔得七葷八素，心中哭爹喊娘。

趙燁感覺全身疼痛，酒勁也上來了，於是他決定不醒了，倒在地上繼續睡，醒了只能尷尬，不如繼續睡吧，等她走了再爬起來。

可誰知道這女孩又跟上次一樣將趙燁扶了起來，拍拍他的臉問，「你住哪裏啊？」趙燁很老實地回答自己住的地址，女孩二話不說，拖著趙燁就走。可憐的趙燁以為她會扶著走，沒想到她竟然是用拖的，還是拖著雙腳拖……

於是邪惡的趙燁只能默默流淚，心想報應果然來了，忍受被拖的痛苦。

趙燁一路上一直在裝醉，那女孩將他拖到出租屋內，然後跑到洗手間，將趙燁吐在身上的東西弄乾淨。

爲了防止趙燁突然醒來，她還在趙燁頭上蓋張報紙，善良的她沒忘記開個洞當做通氣口，當然猥瑣邪惡的趙燁也不會忘記把這個洞當做偷窺口，然而努力了半天，他什麼都沒有看到。

女孩弄乾淨以後，並沒離開，她先是鄙夷地看了看趙燁髒亂的房間，然後又站在房門口猶豫了很久，最後竟然跑回來趴在趙燁很久沒用過的寫字台上睡著了。

趙燁知道她嫌自己的屋裏太髒太亂，可又害怕外面太黑，一個人不敢回去，自己住的地方實在太偏僻了，出門不遠就是醫學院的宿舍樓，鬼故事經常用的場景。離宿舍樓不遠的地方就是傳說中的地下福馬林池，每個同學都知道，池子裏都是屍體。

別說一個女生，就是趙燁每天晚上路過都會頭皮發麻，毛骨悚然。

躺在床上的趙燁沒一會兒就睡著了，輕輕地發出了鼾聲。趴在寫字台上的女孩也睡著了，她睡覺可比趙燁文靜多了，隨著微微的呼吸，胸前一起一伏。

第二天早上，趙燁想繼續裝睡，因爲他覺得跟這女孩見面會很尷尬。可卻因爲喝了太多的啤酒，忍不住想去小便。

當他正要開廁所門的時候，那女孩也醒了，然後問：「啊，廁所在哪裏？」

趙燁聽到那女孩的話，心中一陣慌亂，隨後卻發現她臉紅了，兩個人同時想起昨天廁所裏的尷尬。

女孩沒空責問趙燁，似乎真的忍不住了，不客氣地先進去了。趙燁在門口憋得直跳腳，可那女孩怎麼都不肯出來。

不會是便秘吧，趙燁想出去隨便找個地方解決，很快又放棄了，因爲他門口就是學校籃球場。早上打球的很多，如果出去解決，恐怕自己明天就會成爲長天大學論壇的新一代猥瑣領袖人物。

忍了十幾分鐘以後，趙燁受不了了，於是敲門說：「同學，快點好麼？」

趙燁很想再多問一句，小姐，你腿麻嗎？

「你廁所的衛生紙沒了。」女孩小聲說。

趙燁這才明白，原來沒紙了，她又不好意思開口，於是趕緊找出一卷衛生紙，然後敲門說，「開門，衛生紙給你。」

細細的門縫伸出一隻漂亮的手，晶瑩剔透的皮膚，手掌與五指的比例堪稱完美。趙燁沒機會仔細觀察，因爲那手伸得很快，縮回去得更快。

當門再次打開的時候，女孩低著頭，臉紅紅的，一句話都不說。

趙燁覺得她羞澀的樣子很有意思，但卻沒有興緻欣賞，因爲他再不去廁所，就要黃河氾濫了。

趙燁其實一直在想怎麼跟她解釋，昨天夜裏的確是誤會，趙燁闖進去是無心的。我只是個小流氓，有點小猥瑣而已，我不是一個變態狂。趙燁這樣評價自己。

趙燁出去的時候，發現那女孩正準備離開，趙燁剛剛在廁所裏想好的理由一下全忘了，跑到她面前說：「對不起，昨天我不是故意的，昨天喝醉了，那門沒鎖，我就進去了。我什麼都沒看到，真的，黑黑的，什麼都看不清。」

女孩聽完趙燁的解釋後，臉漲得通紅。

「謝謝你，昨天送我回來，我送你回去吧。」

「不用了，昨天晚上因爲天太黑了，我不敢一個人走。」

「我叫趙燁，長天大學醫學院大五的學生，有什麼事，在學校裏隨便找一個醫學院的學生就能找到我。」趙燁對著女孩的背影喊。

「我叫菁菁。」女孩猶豫了一下，輕輕地說出了她的名字。

菁菁剛離開一會兒，趙燁的出租屋又迎來了新的客人，王鵬與俞瑞敏兩個毫不相干的人竟然結件而來。

兩個人相遇純屬偶然，相互不認識的兩個人卻如老朋友一樣聊著天。

「哇，學長，你的絡腮鬍子好有氣勢啊。」俞瑞敏滿臉天真地驚歎。

「這是鬢角，鬢角你懂麼？」王鵬指著自己長到下巴的長髮。

「可是，頭髮怎麼會長到臉下面去呀，哎呀，都連一起了。」

「這個？好吧，我就告訴你，其實是我的基因比較特別。」王鵬非常心平氣和，其實是他宅太久，已經半年沒理髮了。

「不對啊，我聽說鬢角長的人都是進化不完全哎！」

王鵬很想掐死俞瑞敏，讓她看看自己的指甲也是很長的，可他的魔爪伸到一半的時候，一個漂亮的女生從她面前走過。

「九十分美女耶！」王鵬讚歎。

「她好像是從趙燁師兄的出租屋裏出來的。」俞瑞敏看著女孩的背影說。

王鵬本來就覺得這女孩面熟，似乎見過，俞瑞敏這麼一說，他立刻想了起來。

「老大就是老大啊，昨天晚上第一次見面，就勾搭到床上了。」

「這女孩也不怎麼樣。」俞瑞敏酸酸地說。

「不怎麼樣？」王鵬對俞瑞敏上下打量了一番，「我明白了。」那副表情分明是說，俞瑞敏吃不到葡萄說葡萄酸。

俞瑞敏一肚子氣全都撒到了趙燁身上，不知道罵了他多少句死流氓，臭混蛋……

王鵬見到趙燁的時候，完全是一副崇拜的眼神，他跑到趙燁身邊，很肉麻地說了句，「哥，你就是個傳說，我崇拜你，我迷戀你。」

「滾開，我踢死你。」趙燁說。

「爲什麼啊？」

「你昨天泡妞，帶個女孩回去了，把我一個人丟在飯店。」

「老大，我昨天是送人回家，可沒幹什麼啊。還是老大你厲害，教教我吧，怎麼把那麼漂亮的女孩帶回來的？」

「嗯，其實很簡單，我喝多了她送我回來，然後因爲太晚了，她不敢一個人回去，所以就睡在這兒了。不過你們不要多心，我睡床，她睡桌子，我們倆是清白的。」

王鵬賤兮兮地笑著，俞瑞敏咬著下嘴唇憤怒地看著，趙燁突然覺得這年頭最沒人信的就是真話。

「你們倆來這裏幹什麼？」趙燁趕緊轉移話題，他終於體會到什麼叫做冤枉死的。

「小的我決定重新做人，刪除了魔獸世界的帳號，我決定跟著大哥你成就一段傳說，老大你就帶帶我吧。」

「你小子滾蛋吧，信不信我成就你一代人妖的傳說。」

趙燁喜歡跟王鵬開玩笑，這代表他真正走出了陰影，走出了小惠帶給他的傷痛。那傷口是如此之深，以至於兩年都無法癒合。

在靈藥面前，那傷口又是如此的微不足道，僅僅一夜徹底的痊癒，不留一點的傷痕。

「小魚兒是來幹啥的？」趙燁問。

王鵬不等俞瑞敏說話，笑嘻嘻地說：「嘿，你是小魚兒麼？我叫王鵬，你可以叫我小鵬，或者叫我小鳥……」

俞瑞敏突然覺得天下的好人都死光了，剩下的都是牲口。

「小惠姐讓我告訴你，希望你能幫她母親做手術。」

趙燁覺得小惠兩個字在王鵬面前是禁忌，不應該被提起，氣得趙燁心裏直罵，俞瑞敏這傻孩子。

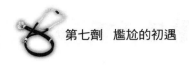

「行了，放心吧。你不上課了，怎麼還到處亂跑，快乖乖回去上課吧。」

余瑞敏本來就想離開了，卻沒想到趙燁竟然趕她走，她很委屈，眼淚不覺流了出來。

混蛋趙燁欺負她不是第一次了，可她從來沒有哭過！不知道爲什麼，她今天非常的委屈。她很希望趙燁能追上來安慰她，因爲她從小到大每次生氣都是有人來安慰她的。

可她發現這世界跟她想像的不同，她想不通，那漂亮的女孩會因爲怕黑留在一個男生的屋子裏，想不通，爲什麼趙燁那混蛋總是欺負自己，想不通爲什麼趙燁沒有追出來安慰她。

王鵬也想不通，於是問趙燁，「老大，怎麼了?你不追出去?」

趙燁其實也想不通，「追個啥，我都不知道她怎麼了!」

趙燁說的是實話，他欺負余瑞敏很大程度是玩笑的，沒有惡意的欺負。每個人表達感情的方式都不一樣，有的人喜歡保護自己喜歡的東西，有的人看見可愛的東西喜歡撫摸，或者親吻，而有的則喜歡欺負。

趙燁這混蛋從小就養成了個奇怪的習慣，那還是小時候，他姑姑家有個小他四歲的妹妹，大大的眼睛，很可愛的樣子。

這個小妹妹喜歡跟趙燁一起玩，趙燁對於這可愛的妹妹也很喜歡，可他表達喜歡的方式很怪異，喜歡欺負她，每次都要弄到她快要哭爲止。

趙燁把余瑞敏當成小妹妹，很好玩的那種，很值得欺負的那種，他特別喜歡她那自作聰明最後卻吃虧的樣子。

趙燁其實有一點點的後悔，但很快就將那後悔抛到九霄雲外去了。他沒有時間來煩這些事情，現在他面臨的問題很多，首先就是一台手術。

「實習生能獨立開展一台手術麼？」雖然看出俞瑞敏生氣了，但是趙燁此時也沒心情去哄她，而是對王鵬說道。

「你是說給老鼠還是狗，如果是狗，恐怕你要自費買。」王鵬的玩笑並不好笑，起碼趙燁這麼覺得。

「我答應幫小惠的母親做手術，怎麼才能說服醫院讓我進行手術？」

「我現在連傷口換藥都不會……」王鵬喃喃說道。

手術，實習生，怎麼都聯繫不到一起去，趙燁當時只想到了手術的方法，卻忘記了最重要的手術資格！

「走了。」趙燁說。

「去哪？」

「醫院，腫瘤科，你既然什麼都不會，那我就讓你什麼都會，帶你重新開始。」

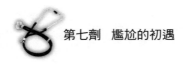

第八劑

天才式的腫瘤切除法

「你要做什麼？」趙依依看不懂趙燁的做法。

「當然是取腫瘤，從外面挖不出來，那就通過內鏡，從內部挖。」趙燁一邊說一邊比劃著，「腫瘤的位置太靠近下面了，常規的方法，在患者的背後取腫瘤，肯定會傷到神經。如果通過肛門，以內窺鏡的方式來切，就行了。」

很簡單的想法，卻是人人都沒想到的辦法。

在趙燁很小的時候，總是有大人問他，「你長大了想要做什麼啊？」

在那個幼稚可笑的年代，很多孩子會說，我要當科學家。

可趙燁是個奇怪的孩子，每次有人問他這個問題，流著鼻涕的趙燁通常會做出一副認真思考的樣子，然後很嚴肅的說：「不知道！」

大人們通常會笑著說，「這孩子還沒想好。」

實際上，他們都在想，這是一個沒有出息的小孩。

趙燁其實不明白，其他的孩子明明不知道科學家是什麼，爲什麼要說想成爲科學家！明明不知道長大後要做什麼，爲什麼一定要胡說呢？

從小到大，趙燁一直都很平凡，平凡的度過小學，沒有人注意到不起眼的他考上了重點初中，漸漸的三年過去，也沒有人記得一個叫趙燁的孩子上了重點高中，最後考上了不算名牌的重點大學。

傻傻的趙燁從小被當成了沒出息的人，即使是現在，趙燁依然是那個沒出息的小孩，生活總是那麼平淡，那麼迷茫。

在一個月前，他還不知道自己是不是要成爲一名醫生，在一個月前，他還在迷茫，不能再繼續上學的自己要去幹什麼。

穿著白大褂的趙燁，五年來付出了很多，他被人看成是傻瓜，沒日沒夜的練習！他現在看起來跟玩了五年遊戲的王鵬沒有什麼區別。一樣是一名實習生，同樣對未來迷茫。

王鵬跟趙燁來醫院的時候，本來是興高采烈的，表現出了超乎往日很多倍的學習興趣。可很多醫生看到他的熱情後，很真誠地拍著王鵬的肩膀說：「將來不要做醫生，否則你會後悔。」

王鵬聽了這句話，感覺挺悲哀的。

「老大，你說醫生說的是實話麼？」

「我怎麼知道，他沒有理由騙我們吧。」

「可我看他們有房有車的啊，爲什麼還不滿足呢，爲什麼不讓我們當醫生呢？」

「你想啊，他們是二十年前的大學生，當年讀大學多難啊，那個年代大學畢業的人，都有幾套房子，幾輛車，幾個二奶了。」

「那我們怎麼辦？」

「努力學習嘍，我們不當醫生還能做什麼？」

趙燁其實也很迷茫，在這一點上他並不比王鵬強多少，其實這也很正常。大學生臨近畢業的時候都是迷茫的，他們不知道未來在何方。

「先做好眼前的，船到橋頭自然直，趕緊寫病歷。」趙燁拍著王鵬的腦袋說。

「爲什麼啊，你怎麼不寫？」

「我基礎比較好，這些腫瘤我很熟悉，你少廢話，四十七床到七十床都歸你了。」趙燁很邪惡地把老師交給他的任務都推給了王鵬。

當然他這麼做也有他的道理，王鵬基礎太差，必須要加倍努力。就憑著王鵬稱趙燁一句哥，趙燁不能不幫他。

腫瘤科是很冷清的科室，實習生們都不喜歡來這裏，當趙燁與王鵬兩個人過來的時候，腫瘤科的李主任著實高興了好一陣。

終於有苦力了，李主任想。他很隨和地介紹了腫瘤科的基本情況，然後分配給兩位實習醫生苦力大量的任務。

當然任務都是抄抄寫寫，沒有什麼技術含量，趙燁表現得猶如一個好學生，把所有的任務都攬在身上，然後又邪惡地推給王鵬。

抄寫病歷不是目的，目的是學習，趙燁把任務交給王鵬的同時，還教給他學習的方法。

其實趙燁並不喜歡腫瘤科，他很想去急救科，很想跟著那個妖孽一般的趙依依主任混，想跟著她去手術台。

但他答應幫小惠母親手術，所以他不能離開。

手術面臨著許多困難，特別是第一步，如何讓一個實習醫生取得手術主刀的資格。

官大一級壓死人，職稱差一級急死人。主治醫師才有開刀的資格，實習醫生趙燁差了兩級職稱，實習醫生到住院醫生到主治醫生是天地之差！

按照正常的程序，趙燁要再熬五年，順利的話才能有資格獨立手術。

不過，小惠媽媽熬不到那個時候，趙燁也沒有耐心等到那個時候。

在腫瘤科轉了一圈，趙燁始終沒想好該如何解決這個問題，幾次想去小惠媽媽的病房都沒走進去。

腫瘤科是死亡率最高的科室之一，癌症起病隱匿，發展迅速，多數都是中晚期才送到醫院，這時已經晚了。

小惠的母親運氣算不錯的，腫瘤的位置長在了脊柱神經附近，這使她得以及早發現。可她也是不幸的，她的腫瘤位置很奇特，是非常罕見的病例，在絕大多數醫生看來，根本不可能不傷及神經取出來。

趙燁不知不覺走到小惠母親病房的門口，他看到了一個最不想見到的人，一個讓他怒火中燒的人。

老羅，兩天前趙燁在急診室裏搶救過來的病人，那個將小惠變成情婦的老傢伙。他的頭上包著白色的網帽，網帽下的傷口覆蓋著白色的敷貼。

「嘿，小兄弟！我認得你，你不就是幫我處理傷口的那個麼？」老羅大老遠地就看到了趙燁，熱情地打著招呼。

趙燁本想放老羅一馬，可這廝自己送上門來，看著他那堆笑的臉就讓人生氣，趙燁決定幫王鵬出出氣。

「嘿，你怎麼來這裏了？你難道住這裏？」

「我來看看我女朋友的母親，我女朋友也是你們學校的，也許你們認識哦。」老羅毫不避諱，他很自豪有個大學生情人。這讓趙燁對他更加反感。

「哎，我說過你受了內傷，忘記告訴你不能近女色了，你不能太激動，要不然傷口會崩裂的。」趙燁說著，伸出食指，指著不遠處的一個護士說：「看，那護士漂亮吧。」

「漂亮！」老羅覺得自己心跳加速了。

「漂亮也不能看，心跳加速會導致你頭部出血。哎，你頭上的傷口怎麼出血了？你也太激動了。」趙燁指著老羅的頭說。

「有麼？」老羅摸了摸頭部，沒感覺到什麼啊。

「當然有。」趙燁說著讓老羅坐下，然後幫他處理那個根本沒有問題的傷口。趙燁隱蔽地用手指在他風池穴、神庭穴輕輕一按。

老羅頓時感到一陣頭暈，他頭上的傷口再次崩裂，血汨汨湧出。這下他終於感覺到了，的確出血了。

「下次別看美女了，出血了吧，我去幫你換藥。」

趙燁說著，拉著他去藥房，迷迷糊糊的老羅覺得趙燁真是個好人啊，可他沒想到這好人竟然是坑他的好人。

沒用兩分鐘，老羅的血就止住了，腦袋上的敷貼換成了新的。不過形狀有點怪異，大號創可貼被弄得皺皺巴巴，很像女性大姨媽來時用的東西。

「小兄弟，多虧了你啊，不然我都不知道我不能激動，這要是在朋友面前流血，那就太丟人了，你千萬要爲我保密啊！」

「放心，放心，我不會說。」

遠遠望去，正對趙燁千恩萬謝的老羅頭上就頂著一個那種東西，而且還是用過的。

「小兄弟，謝謝你，上次也是你救了我，說起來挺慚愧的，我當時把手機丟在你兜裏，你竟然還給送回去了。」

「沒關係，沒關係。這是我應該做的，您不是來看病人的麼，怎麼在外面站著？」這的確是趙燁應該做的，如果有下次，趙燁不會再這麼做，他會做得更凶、更狠。

「我……」

「進去吧，我正好要查房，一塊進去吧。一看就知道你這種成功人士的女朋友一定很漂亮。」趙燁熱情地把老羅拉進病房。

趙燁的馬屁拍得他很爽，老羅很喜歡趙燁，他高興地將名片遞給趙燁，「小兄弟，以後有事找我幫忙就直說，這是我的名片。」然後整了整衣領，帶著自以爲最高興的笑容進去了。

如果趙燁沒看見老羅，也不會故意去整治他，但趙燁一看到他，就想起王鵬這兩年來的墮落，有一半是因爲他，氣就不打一處來。

小小作弄他一下是趙燁唯一能做的，他還能做什麼，一個實習醫生而已，難道幫王鵬殺了他？

狗咬人一口，人不能咬狗一口，但人卻可以打狗。趙燁腦海中突然靈光一閃，他想到了一個兩全其美的辦法。

當老羅走進病房的時候，很多人都笑了，當然出於禮貌他們都忍住了，沒有笑出聲來。老羅覺得莫名其妙，他不知道這群人在笑什麼。

小惠看到老羅頭上最新的包紮，也很生氣，她本來不想帶這個男人過來的，畢竟名不正言不順。

自己是什麼，不過是人家的情婦而已。可偏偏老羅也住院，小惠探望過老羅以後，沒想到老羅竟然一定要來看看自己的母親。

於是她讓老羅在門口等著，不讓他進來，誰知道他竟然進來了，更要命的是趙燁跟在他身後也進來了。

小惠很害怕，害怕她母親知道所有的事情。

她最在乎的人就是她的母親，她最害怕的就是母親失望、傷心。

小惠本來已經夠氣惱的了，沒想到一會兒的工夫，老羅竟然頂著塊衛生棉進來了，看著他頭上那白色的長條狀的東西，還帶著斑斑的血跡，小惠差點羞愧死。

「你剛剛做什麼了？怎麼搞的。」

老羅當然不會對自己的女人說，自己看護士看到血管崩裂，於是撒謊說：「剛剛我不小心弄到了傷口，找人幫忙換了藥。」他說完還向趙燁使了個眼神，意思是讓趙燁幫忙隱瞞。

老羅害怕再說下去會露餡，於是假裝關心小惠母親的病情，俯下身子問道：「伯母，你身體怎麼樣啊？」

「你是？」老人不知道這位看起來比自己小不了幾歲的男人，爲什麼叫自己伯母。

「他是我的老師。」小惠撒謊。

「我怎麼沒聽你說過？」小惠的母親疑問。

小惠使勁掐了老羅一把，示意他幫忙圓謊，不要說出真實身分。

老羅也不是傻子，於是他準備解釋，可又不知道怎麼說，因爲他事先沒想進來，尷尬得不知道如何說時，趙燁神奇地出現在他面前。

「阿姨，我來幫你檢查身體。」

老羅很感激趙燁，這小子總是幫自己。

老羅覺得趙燁很有前途，這小子心靈、手快，能猜透人的心事。

他甚至想，如果趙燁願意，就把他弄到自己手下當個秘書，而且趙燁還是學醫的，能兼職做自己的私人醫生。

「小惠，幫我拿個手電筒。」趙燁對小惠說，然後又對老羅說：「你也來幫我個忙。」

小惠是護理系的學生，知道趙燁要手電筒是做瞳孔對光反射，於是趕緊去拿手電筒。她轉身出去以後，再也沒有懂醫學的人在趙燁身邊了。

人體周身約有五十二個單穴，三百個雙穴、五十個經外奇穴……人體的經絡穴位博大精深，凝聚了中華五千年的文化精髓。

趙燁雖然師從醫聖李傑，但時間太短，僅學會了一點皮毛，可這點皮毛也夠用了。

他隱蔽地用小銀針對著小惠母親身上的穴位插了進去。

然後，趙燁表現出一副很緊張的樣子，搖著昏迷不醒的患者，高聲叫喊：「伯母，快醒醒。小惠，叫護士來，準備進手術室！」

誰也沒注意到趙燁急切的臉上露出一絲不易察覺的微笑，實習醫生是社會底層的小人物，沒什麼力量，在面對強大的對手時，只用運用智慧取得四兩撥千斤的效果。

腫瘤科的病房裏亂成一鍋粥，值班醫生、護士沒有一個人料到病人會突然病危。面對突如其來的危險，剛剛研究生畢業兩年的年輕值班醫生慌了手腳。

值班醫生很害怕，如果病人出了什麼意外，他是要負責的，極有可能丟了工作，於是他匆忙地跑到病床邊，開始做心臟按壓。

「別按了，患者呼吸沒問題，心跳沒問題，準備進手術室，你這麼弄沒有用。」趙燁一把推開值班醫生，然後指揮護士將病人抬走。

「能救活麼？」值班醫生已經慌了神，也沒想想呼吸沒問題，心臟沒問題，還急救什麼……

「放心，有我在。」趙燁自信地說。

此刻，兩個人的身分似乎顛倒過來，趙燁成了老師，而值班醫生成了實習生。趙燁很冷靜，因爲這一切都是他導演的，他安慰了值班醫生後，又指揮護士將病人推進手術室。

等一切準備得差不多了以後，趙燁對小惠說，「準備手術了，你不要跟老羅吵架，他也是無心的，不小心說出來的。」

趙燁的表情讓小惠疑惑，她剛剛不在病床附近，到底發生了什麼事她根本不知道。聽趙燁的語氣，似乎老羅說了什麼。

難道老羅將他與自己的關係說出來了？

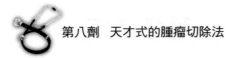

小惠越想越覺得有可能，如果不是這樣，母親怎麼會突然出問題？再聯繫到趙燁剛剛說的話，她更對自己的猜想深信不疑。

趙燁說完以後，又悄悄跑到老羅身邊，小聲道：「小惠的母親好像不喜歡你，可能看出你的身分了。如果小惠怪你，你就忍著點。她畢竟比你小很多，女人麼，忍忍就算了。她母親手術還要很多錢呢，你如果愛她，就幫她把錢付了，她說什麼你都由著她。」

老羅莫名其妙地點了點頭，他不知道是怎麼回事，剛剛小惠的母親是自己暈過去的，然後趙燁就喊急救，關自己什麼事？剛剛自己什麼都沒說，她是怎麼看出來的？可趙燁又不像說假話的樣子，老羅糊塗了。

最後趙燁轉身走向手術室，走到辦公室門口的時候，趙燁與王鵬擦肩而過，面無表情地小聲對王鵬說：「兄弟，看哥給你出氣。」

「哥，謝謝你。」王鵬從前叫趙燁老大，偶爾叫幾次哥都是玩笑話，這一次他是發自內心的。

如果說王鵬不恨老羅，是不可能的，他恨不得弄死老羅。

今天他沒料到會在這裏看到老羅跟小惠，更沒想到會看到老羅頭頂著女人專用的東西，待看到趙燁得意的樣子，他才知道，是趙燁搗的鬼。

他很感動，很高興，他看到了趙燁的友誼。

走到手術室門口，趙燁停了下來，掏出手機，撥了個電話，聽到電話那頭傳來慵懶的聲音。

「喂……」

「趙主任麼？我是趙燁，不好了，急救科來了個病人，你快點來十四號手術室，很重要的病人啊！我們這裏誰都搞不定，病人要死了。」

趙燁打的是急救科主任趙依依的電話，手術不是一個人能完成的，趙燁需要一個幫手，這個幫手當然是越厲害越好。

更重要的是，他的身分是實習醫生，他要借用別人的名義進入手術室。於是他想到了急救科主任趙依依，那個看起來很嫩的老女人。

自稱永遠二十五歲的趙依依身邊總是不乏追求者，上到千萬富翁，政府高官，下到醫院同事，大學教師。

趙依依身邊總是不乏男人的追捧與圍繞，她從來沒有跟一個男人在一起超過三個月。每天她的生活都是精彩的，或者在酒吧，或者在夜總會。

同混亂的私生活形成鮮明對比的，是她的工作，長天大學附屬醫院最年輕的科室主任就是她了。

很多人對此憤憤不平，都說她是床上主任，覺得她是靠美色賄賂才成爲科室主任的。可在他們的酸言酸語中也都承認，趙依依的醫術當真厲害，在長天大學附屬醫院中，也算得上頂尖。

如果不是她這技術，恐怕早就被趕下了主人的位置，同時很難想像，一個這樣的女人對工作也是認真負責的，在接到趙燁的電話後，她立刻放下身邊的事情，用最快的速度趕了過來。

手術室記錄單子上，助手寫著趙燁的名字，主刀醫生則是趙依依。

主刀醫生當然沒有問題，但助手卻值得商榷，手術室的值班護士不可能記住整個醫院所有醫生的名字跟職務，所以也沒有人將這個實習醫生趕出來。

手術室的自動門打開了，雙手懸在胸前的趙燁猶如朝聖的信徒，表情肅穆，眼神堅毅。沒有人懷疑他的身分，沒有人想到一個實習生能有這麼堅定的眼神。

這次手術也不是趙燁一個人的，他希望這次不僅能讓小惠的母親好起來，也能讓小惠脫離情人的身分回到正常，讓王鵬心裏舒服點，更能讓老羅那傢伙得到懲罰。

然而這一切都是建立在破壞別人現有生活的基礎上。

「我真是個大壞蛋呢！」趙燁喃喃自語道，「如果我的朋友們需要這樣的壞蛋，那麼就由我來當吧。」

手術室門外的小惠哭成了淚人，淚水沖花了她臉上的淡妝。她還沒準備好，沒準備好讓母親進手術室。

「為什麼，我不讓你進來，你為什麼要進來？」小惠開始埋怨老羅，她已經認定問題就出在這個男人身上。

老羅覺得氣氛不對，因為大家似乎都用一種怪異的眼神在看他，那是帶著鄙夷，帶著恥笑的眼神。

誰都看得出來他跟小惠的關係，不過沒有人挑明，他們用鄙視的眼神看著這個傢伙，用痛恨的眼神詛咒他。如果眼光能殺人，恐怕老羅已經死無全屍了。

本來老羅就是一個暴烈的性子，如果不是在醫院，他早就動手打人了。忍耐讓他猶如一個充氣過度的氣球，只需要一根針，輕輕一碰就會爆炸。

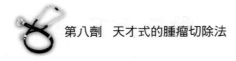

小惠這個時候就充當了那根針，她幽怨的話語並不重，卻足以讓老羅爆炸。

「我是你男朋友，我怎麼不能來？」老羅嗓門很大，他從來不知道紳士風度為何物，更不懂憐香惜玉。

在他眼裏，小惠並不是那種需要用愛護來討得歡心的女人，對小惠只需要錢就可以。

「那你對我媽說了什麼？別人不知道，難道你不知道麼？她病得這麼重，她怎麼能……你怎麼能說，萬一她有個三長兩短，我……」小惠說著，聲音哽咽，嗚嗚地哭了出來。

「我怎麼了？我告訴你，如果不是我，你媽她早就死了！你還要怎麼樣，今天如果沒有我，你連手術費都出不起！」老羅的話尖酸刻薄，猶如一道驚雷，徹底撕裂了小惠。

小惠從前一直存有幻想，幻想老羅會對她好，雖然她只是用老羅的錢來給母親看病。可骨子裏，她還是希望老羅能對她好。

現在小惠的幻想破滅了，她的世界被撕裂了，老羅根本不心疼她，她不過是老羅花錢包養的情婦而已，她不得不接受這個事實。

老羅看到哭泣的小惠有些後悔，他還是很喜歡這個漂亮的女大學生。但憤怒讓他失去了理智，好面子的他不願意去道歉。更主要的是他覺得小惠離不開他，或者離不開他的錢。

老羅的暴虐和小惠楚楚可憐的哭泣，讓周圍的人憤憤不平，紛紛低聲指責老羅。其中一位路見不平的人說：「這人怎麼這樣的，別以爲頭頂個衛生棉就很了不起，欺負女人算什麼能耐啊！」

說起衛生棉，所有人都注意到了老羅頭上的東西，唯獨老羅自己不明白爲什麼人家說他頭頂衛生棉。

但他卻怒了，這絕對是對他的侮辱，他怒吼著衝上去就要揍那個敢於出聲的路人。世界上不知道什麼時候多了很多富有正義感的人，憤怒的老羅衝上去的時候，突然感覺腳下一絆，重心不穩，啪地摔倒在地。

老羅身體肥胖，這一下摔得他七葷八素，劇烈的疼痛讓他趴在地上好一會兒才爬起來，待他抬起頭來，罵他的人已經不見了，也不知道是誰把他絆倒了。

他看見圍觀的人都在嘲笑他，這讓老羅暴跳如雷，恨不得將這些人全幹掉。小惠哭著跑過來，想把老羅扶起來，老羅正憋了一肚子氣沒地方撒，於是將氣都撒在小惠身上。

「滾，你個小婊子，天生的賤貨，從此以後別出現在老子面前。」

世界就此倒塌，拋棄了愛情，拋棄了尊嚴，得到了什麼？

小惠不敢相信眼前的一切，她恨無情無義的老羅，可她又無能爲力，她只能無助地哭泣，似乎哭能挽回一切。然而悔恨的淚水救不了她，更不能換來手術費。

世界是非常現實的，沒有錢就沒有手術，那怕你進了手術室，也可能被趕出來。制度如此，即使醫生願意手術，也沒有金錢來支撐，小惠拋棄了一切，她原本覺得上天還是眷顧自己的，趙燁竟然能救治母親，可她怎麼也算不到老羅這樣對待她！更加想不到，付出了這麼多，卻依然換不回母親的生命。

手術室中的趙燁已經換上了墨綠色的手術衣，病人在麻藥的作用下已經沉睡。麻醉的時候，麻醉師其實很奇怪，病人生命體徵完好，似乎只是昏過去了。

根據多年的經驗，麻醉師看不出急救病人哪裏有問題，好幾次他想問，可在趙燁那不容置疑的目光下都沒說出來。於是只能安慰自己，麻醉師就幹好本職工作，等手術完了就回去，說不定還能趕上午夜場的足球直播。

趙燁知道，小惠跟那老羅有八成是要完蛋了，這是遲早的事，兩個人都明白。現在完蛋則是兩個人沒有想到的。

老羅依然迷戀小惠的肉體，而小惠則需要老羅的錢來手術！

他們兩個人誰都不知道趙燁是個破壞者，他用一根針讓小惠的母親沉睡，然後高呼病人病危，需要緊急手術。

頭頂著不祥之物的老羅似乎無比的倒楣！他背了黑鍋，還被無情的嘲笑。小惠被很無情的拋棄，似乎很可憐。

趙燁卻覺得這是他們倆應該得到的懲罰，他要爲兄弟王鵬出口氣。當然這病人是無辜的，趙燁這麼做也是在創造一個機會，創造一個並不存在的實習醫生手術機會，老人的病能夠痊癒，也算趙燁對小惠的交代，同時也是給曾經的朋友一個交代。

或許此刻的小惠很痛苦，或許此刻的王鵬很惱怒，然而這比起今後的生活算不上什麼。護士按下無影燈的開關，砰的一聲，刺眼的燈光照在患者的身上，現在要做的就是等主刀醫生趙依依趙主任到來，趙燁這個幕後掌控者閉上眼睛靜靜地等待著。

趙燁已經做好了所有的術前準備，之前對王鵬、老羅、小惠做的一切，也算是術前準備吧。

趙依依一雙高跟鞋踩得滴滴答答的響，奔走在醫院走廊，急匆匆地趕到手術室後，很在意外貌的她，今天看起來有些邋遢，她甚至沒有化妝，甚至穿衣服都沒有很仔細。

然而這不影響她的美麗，也不影響人們對她的關注。只是人們好奇是什麼能夠讓趙依依這個平時打扮得跟明星一樣的時尚女人變成這樣。

急匆匆的趕到手術室後，趙依依什麼話都沒說就開始換衣服，帶手術帽，口罩等等術前準備。

這一切她只用了三分鐘。

當她走進十四號手術室的時候，她才深深地出了一口氣。只遲到了三分鐘，這對一個突發手術來說，已經很不容易了。爲了節約時間，趙依依一邊穿手術服，一邊詢問病人的情況。

趙燁本來對她的好感就那麼一點點，現在看到她的敬業表現，對病人負責的態度，趙燁很是佩服，無論她人怎麼樣，起碼她是個稱職的醫生，於是趙燁尊敬地稱她爲老師。

「老師，看ＭＲＩ（核磁共振）病人椎體占位性病變，在……」趙燁詳細地介紹病人的情況。

「這也算急診？」趙依依看著核磁共振的圖像，聽完趙燁的敘述後有些憤怒，這種病怎麼也稱不上急診啊。

「都已經進手術室了，現在她不做手術也不行了，權當急診算吧。」

趙依依氣得說不出話來，只能後悔輕信了趙燁這個小混蛋的鬼話。此刻，患者進了手術室斷然沒有推出去的道理，否則在醫患關係緊張的今天，患者絕對會要了主刀醫生的命。

「姐姐你別著急，你聽我慢慢說。」趙燁並不害怕趙依依發火，他慢慢地將病人所有的片子都掛好，然後緩緩地道：「不用我多解釋吧，老師你也看出來了，病人的病很少見，這腫瘤按常規方法根本拿不出來。」

「那還救個屁！耽誤老娘睡覺麼？還急重症病人，真是浪費時間。」趙依依仔細地看了看掛在牆上的影像學圖片，然後她怒了，她一眼就看出外科手術根本沒辦法切除這病人的腫瘤。

因爲腫瘤跟神經長到一起了，要想分離非常困難，想將腫瘤切除卻不損傷神經，簡直不可能。

更加困難的是腫瘤的位置，本來脊椎體內的占位性病變手術就非常困難。因爲脊柱內是脊髓，那可是神經的集合。只要術者不小心手一抖，患者基本上就癱瘓了。

醫生是個高風險的職業，誰也不能保證手術時不打噴嚏，手不會抖一下，所以多數醫生拒絕這種高難度高風險的手術。

特別是眼前的手術，更沒有人願意主刀。高風險是其一，更重要的是小惠的母親是非常罕見的病例。

她脊柱內腫瘤的位置非常刁鑽，不僅和神經連在一起，還在脊柱骨後面，讓人覺得無論從哪裏開刀，都很難將腫瘤拿出來。而且就算強行開刀拿出來，也會造成不可逆轉的巨大損害，死亡機率非常大。

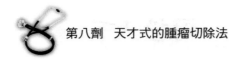

所以這腫瘤沒有人敢取，也都不願意取，更沒有能力取出來。

趙燁與他們不同，他喜歡做有挑戰性的事，他第一次看到這病人的時候，就已經決心接受這個挑戰。

趙燁知道趙依依不願意動手術，也知道她不願意動手術的原因，自然想好了辦法讓她同意。

「沒錯，這病人救個屁啊！這種急症病人或許就這一次機會上手術台，如果錯過這次機會，我看沒有人會批准這次手術！」

「那你覺得我會批准這次手術？老娘我不做沒把握的手術！」醫患關係緊張的今天，沒有人願意做沒有把握的手術，更別提是百分百失敗的手術了。

「姐姐你太妄自菲薄了，以你的技術怎麼可能做不了這個手術？你要有信心，我就有把握！你主刀，我幫忙，你肯定能把腫瘤取出來。」趙燁說得很自信。

「你有辦法？」趙依依半信半疑地問，其實她並不相信趙燁有辦法，也就是順嘴問一下而已。

「我不過有點小聰明而已，看到了問題的本質，你可能不太相信，這樣我們賭一把，如果我的辦法可以，你輸給我什麼？」

「你如果能在不損傷神經的情況下，安全地取出腫瘤，你要什麼我都給你！」趙依依不依不饒地說，突然她發現趙燁眼光閃爍，笑得非常猥瑣。她這才感覺自己可能上當了，從一開始就上當了。

眼前這個讓人看不透的實習醫生，可能真的有把握取出脊柱上的腫瘤，要不然他也不會貿然闖進手術室。因爲趙燁說得很對，這種手術就一次機會，下次醫生不會讓他把病人弄到手術室。

「不對啊，你小子想蒙混過關。」趙依依突然醒悟過來，「這病人對你其實很重要，所以無論成功也好，失敗也好，都是我吃虧。」

「女子一言，駟馬難追。我肯定會成功，到時候你可別後悔啊。」

「我有什麼後悔的，最多把我人給你。」趙依依平時跟別人玩鬧慣了，忘記了此刻的場合，也忘記了眼前的人並不是她的那些朋友。

趙依依嗔怒中的大膽言語讓趙燁面紅耳赤，甚至在場的麻醉師跟護士都覺得這趙依依也太大膽了，更覺得這實習生豔福不淺，長天大學附屬醫院最漂亮、最讓男人想入非非的醫生非趙依依莫屬。

手術台上的醫生，不能有絲毫雜念，他們要如入定的老僧一般，哪怕身邊炮火連天，也應充耳不聞。

趙依依有意無意的勾引，很快就被趙燁忽略了。無影燈聚在一點，耀眼如魔幻小說中的聖光，在奇蹟之光下，死亡將被驅逐。

「首先，讓我這個實習醫生在趙老師的指導下，完成第一次皮膚切開吧，算是對我的一點獎勵。」

趙依依本來就很期待趙燁的手術，她想看看這個滿懷信心的實習醫生到底有多大的本事，是不是真的值得自己下血本去拉攏。

無影燈下的手術刀劃出詭異的弧線，在患者身上留下了絢爛的軌跡，妖豔的血線慢慢地顯露出來。

不需要任何儀器輔助定位，僅根據核磁共振的片子，趙燁就做出了精準的定位，切出距離完美的切口。

趙依依也有很多年的臨床經驗，見過很多年輕厲害的外科醫生，可趙燁這樣的卻是第一次見到。

一個年僅二十出頭的人卻有如此老道凌厲的刀法，這讓趙依依感歎：「天才的術者恐怕說的就是這樣的人吧！」

手術刀在趙燁的手中靈巧無比，每一次滑動都精確異常，輕輕地分離肌肉與纖維，第二刀切了下去，這是很重要的一刀，第一刀切開皮膚，露出肌肉，第二刀要切開肌肉，將脊椎骨露出來。

這一刀展現了趙燁的功夫，不深不淺，既沒傷到骨頭，又切斷了全部肌肉。

迅速而漂亮的刀法讓人炫目，趙依依一直很瞧得起趙燁，覺得他是個人才。可她萬萬沒想到，趙燁竟然厲害到如此地步，僅憑這幾刀，他的手法在整個醫院都算得上前幾位。

其實趙依依一開始根本沒想過趙燁能將手術做成功，她之所以沒離開，主要的目的是看著趙燁，害怕他將手術搞砸了，害怕病人出什麼意外。

她曾經覺得自己是最瞭解趙燁底細的人，因爲她第一個注意到了趙燁超過其他實習生很多的醫術。

在她心裏，趙燁是個很強的實習生，長天大學附屬醫院雖然算不上國內頂尖的，可每年也有那麼一兩個小有天賦的人冒出來。

特別是二十年前那個超級外科醫生，神蹟一般的手術，讓很多二十年後的醫生都自歎不如。

趙依依覺得這小傢伙如果真的很厲害，可以留在醫院，爲醫院增強實力。現在她改變主意了，她決定要把這個小傢伙留在急救科，無論手術結果如何。

當趙依依為趙燁精彩的手術所傾倒時，他竟然停止了動作，放下了手術刀，似乎不打算繼續下去。

「準備肛周消毒，我要在肛門用內窺鏡進去。」

「你要做什麼？」趙依依看不懂趙燁的做法。

「當然是取腫瘤，從外面挖不出來，那就通過內鏡，從內部挖。」趙燁一邊說一邊比劃著，「腫瘤的位置太靠近下面了，常規的方法，在患者的背後取腫瘤，肯定會傷到神經。如果通過肛門，以內窺鏡的方式來切，就行了。」

很簡單的想法，卻是人人都沒想到的辦法，很多事情有時候就是這麼怪異，只要邁過那道檻如此簡單。

趙燁說完卻不動手，而是站在一旁說：「輪到你了，這個東西我做不好。」

「我還以為你是全能。」趙依依被趙燁天馬行空的想法所震撼，她甚至覺得自己這個擁有博士學位的主任醫師也不如他，不過現在聽完趙燁的話，她終於找回一些信心。

「我只是個實習醫生而已！」趙燁說的是實話，他只是個實習生，並沒有百分百把握將這個手術做到完美。

手術的過程更是學習的過程，理論知識、基礎操作，趙燁已經非常厲害了，唯一欠缺的就是實戰經驗。

趙燁不想放過任何一個手術的機會，更不會放過這種非常困難的手術。要知道，很多醫生一輩子都碰不到這樣的病人。

他爭取手術的同時，也能夠救治病人，這樣的結局可以說是完美的雙贏。

趙依依能夠成爲急救科的主任絕對不是偶然，更不是人們說的依靠女人的天生優勢。她依靠的是實力，起碼趙燁這麼認爲。

非常漂亮的手術，如果趙燁的手術特點是快的話，那麼趙依依就是靈巧，女人天性的細膩靈巧此刻表露無遺。

作爲助手雖然不如主刀那樣掌控全局，動手的機會也少很多，可趙燁也學到了很多東西，此刻的他吸收知識就像乾燥的海綿吸收水一樣，非常迅速。

趙依依今天也很興奮，手術進行得無比順利，她甚至覺得自己是超水準發揮。也許是趙燁天才的想法帶動了她。

「老師您的手術技巧真強，不過你現在好像是在幫我啊？」趙燁賤兮兮地轉過頭對趙依依說：「你這麼做可就輸定了，可別忘了你說過什麼，別後悔哦。」

趙依依當然記得自己說過什麼，她沒想到貌似老實忠厚的趙燁，竟然會調戲老師，雖然她一直沒把自己當成趙燁的老師。

「放心吧，大不了什麼都給你，快點做你的手術！」趙依依淡淡地說，她現在完全被手術所吸引。

天馬行空的創意，不拘一格的想法，如果說趙燁的技術讓人讚歎，那麼他的才華則讓人驚豔。

趙依依是個高傲的人，她驕傲自己的容貌，驕傲自己的能力，更加驕傲自己的聰明！在整個長天大學附屬醫院，她真正看得起的人不多，趙燁算一個。

雖然他的手術技術還不成熟，可趙依依能感覺到他基礎非常扎實，更難得的是他很聰明。有些人練習一輩子都成不了高手，有的人練習幾個月就能取得突破。

手術中的趙燁茫然不知身邊美女老師正在想什麼，專心致志的趙燁其實很緊張。

雖然手術創意不錯，但手術對技術的要求非常高，他只是個菜鳥，很多地方都需要臨床經驗豐富的趙依依親自上陣。

因爲患者臨時決定手術，所以腸內甚至留有糞便。這讓人很噁心，可趙燁卻不管這些，兢兢業業地做著手術。

當醫生有時候什麼都要忍受，這些還不算最噁心的。

手術進行得很順利，趙依依已經打開脊柱骨，準備清除腫瘤，在取腫瘤之前，她突然想起什麼，然後對趙燁說：「今天我能做這個手術非常高興，我會記得，我欠你個人情！」

趙燁本想告訴她，不需要償還什麼人情，但想了想，被人欠一個人情也不錯，如果說不用還也太虛僞了。

他身爲實習醫生，對手術有著一種瘋狂的渴望，他渴望非常多的臨床實踐來增加經驗。

他用智慧與實力幫自己贏得了一台難得的手術，趙依依靠眼光發現了趙燁，靠運氣參加了這樣一台的手術，這給她帶來了無數的好處。

手術對於兩者都是有好處的，不過手術最大的受益人還是患者。在其他醫生宣判無法醫治的情況下，卻奇蹟般的獲得新生。

這才是趙燁最想看到的，位置不同，心情也就不同，每個人都有自己的想法吧！

所有的一切，都是爲了一句話，一個信念。

他希望病人能夠康復，希望身邊的人能夠快樂幸福。

朗月升空，一片銀霞灑滿大地。

寂靜的夜晚，都市開始了狂歡，忙了一天的上班族都進入了夢鄉，或瘋狂的發洩著。唯有醫生，他們需要值班，當然這僅僅限於小醫生。

年紀大的醫生很少在晚上來醫院，除非他們有什麼特別的事情。然而腫瘤科的李主任卻很敬業的常在夜裏出現在值班室內。

如果硬要在醫院中挑選出一個最和諧的科室，那非腫瘤科莫屬。

根據醫生們的傳說，腫瘤科分獎金的時候老主任很和藹，經常會用自己的獎金來補貼有困難的醫生。

這一晚，腫瘤科值班室的醫生戰戰兢兢地向李主任述說剛剛發生的意外，李主任聽說一個實習醫生將病人送到手術室的時候，差點吐血。

「笨蛋！」李主任憤怒地甩了一個耳光，把那值班醫生打得暈頭轉向：「真是蠢材啊！你真是個蠢材！」

值班醫生不知道爲什麼和藹的李主任會如此暴怒，更想不通他竟然會突然暴起打自己。

腫瘤科的病人，別人不清楚，他自己還不清楚麼？李主任知道那病人的情況，那脊柱占位性的腫瘤是無法用外科手術取出來的，或者說是沒有辦法毫無損傷的取出來。即使是以他李中華主任的能力也不行，所以他才堅持那個患者進行化療，可如今那患者竟然被推到了手術室。

另外他覺得這事有蹊蹺，因爲那病人的情況他很清楚，根本不可能突然出現危及生命的緊急狀況。

他突然想到那今天兩個新來的實習生，雖然記不清名字了，但那張臉還記得很清楚。

「不知道是哪個不要命的，想要給我腫瘤科搗亂麼？那我就等著你來。」李主任自言自語地笑著。

被李主任打了一巴掌的值班醫生以爲自己眼花了，和藹可親的李主任怎麼笑得如此陰沉恐怖。

手術室外平時都聚集了很多焦急的患者家屬，今天卻只有小惠一個人坐在空曠的長凳上，默默地哭泣著，淚水讓她瘦弱的身影看起來楚楚可憐。

她不知道自己做錯了什麼，自己的選擇錯了麼？她不知道，現在她最想知道的是怎樣支付母親手術的費用。她很害怕母親的手術做到一半就被推出來。

爲了母親，她付出了很多，那不過是筆交易，可卻因爲莫名其妙的理由，她失去了一切，現在她只期盼母親的手術能順利完成。

可一個小時過去了，兩個小時過去了……

手術室內依然沒有動靜，沒有人通知她手術會被取消，漸漸的她安靜下來，又開始擔心，手術結束以後手術費怎麼辦，母親的手術是不是順利，能不能平安出來。正在她胡思亂想的時候，有人遞過來一包面紙：「別哭了！你媽媽在手術室裏麼？」

小惠接過面紙說聲謝謝，輕輕擦了擦淚水。

作爲老病號的家屬，腫瘤科李主任她是認識的，在小惠的印象中，這是一個和藹的老人。每天查房的時候都很認真，很多病人出院以後，都會寫感謝信給他，貼在醫院的公告欄上。

「跟我進來看看手術吧！」李主任歎了口氣說，「其實我也沒想到你母親會接受手術，這事我完全不知道，現在我都不知道是哪位醫生自作主張把你母親推進了手術室。」

小惠本來沒考慮趙燁實習醫生的身分，讓李主任這麼一說也有點害怕了。所謂關心則亂，她越想越害怕，甚至想立刻停止手術，她開始後悔答應讓趙燁手術。

李主任看到她慌亂的樣子放下心來，他知道就算這次手術出現了事故，也不能算自己的問題了，晚節不保是最可怕的。

「走吧，看看手術，你不用擔心，我想給你母親手術的一定是位好醫生。」

「他？他不過是個實習生。」小惠咬著下嘴唇說。

實習生能夠獨立完成一台門診手術就算很厲害了，讓他完成這麼一台高難度的手術，怎麼可能？

李主任已經做好了最壞的打算，最壞的情況就是那實習生拖著病人去開刀，或者叫做練刀，也許叫鞭屍更合適。

他認定了這是場失敗的手術，雖然手術跟他沒關係，但他也是有連帶責任的，無論怎麼說，那病人都是從他腫瘤科帶走的。

李主任很想弄死趙燁這個實習生，正想到這兒，他突然瞥見不遠處有個年輕的面孔。

那不是跟趙燁一起來的實習生麼，於是李主任憤怒的聲音在手術室外響起：「你給我過來，叫你呢！那位實習醫生！」

王鵬本來打算悄悄來，不留痕跡地離開，卻不想被人叫住了。

他來這裏只想看看，但是，他也不知道自己到底想看什麼。

看看小惠落魄的樣子，或者看看趙燁給自己出氣的樣子？那都不重要了，他來這裏只是看看。

小惠看到了王鵬，王鵬也看到了小惠，當然王鵬很早就看到她了。

王鵬本沒想到會跟她面對面，更沒想到在這種情況下面對面。

兩雙眼睛對視了不到一秒鐘，瞬間分開。

「你那個同學呢？我聽說他在手術室，誰給了你們這麼大的權利？」李主任訓斥道。

「生命，趙燁同學在拯救生命，主任！」

「強詞奪理，實習醫生能做主刀麼？」李主任憤怒地說，「我倒要看看誰給你們背這個主刀的黑鍋！」

手術已經過去了三個小時，當李主任帶著兩個學生進去的時候，他驚呆了。他在手術室護士站的監視器上看到了趙燁的手術，愣了很久，忘記了此行的目的。

此時，手術已經完成了百分之五十，趙依依已經打通了手術取腫瘤的通道，另一個方向的通道。

空間很小，但對於趙燁與趙依依來說不是大問題，當初訓練時，變態大叔李傑曾經讓趙燁在細小的鴨腸裏練習取東西。

切出腫瘤一定要很小心，不能留一點痕跡，否則就是失敗的手術。因爲癌細胞是無限分裂增殖的，留下一個就可能重新發展爲新的腫瘤。

從兩個方向切開，傳統的從背後切開是爲了擁有更好的視角，以便將腫瘤一點點分離出來。

把腫瘤與千絲萬縷的神經分開，分離腫瘤時，需要用大型的顯微鏡，趙燁並不打算自己做。

「你來分離，這東西我做不好。」趙燁說。

「我以爲你無所不能。」

「有些時候我是無所不能，但這時候不行。再說你是主刀醫生，我這個助手已經把簡單的都完成了，現在輪到大將出馬了。」

趙燁很誠實，即使經過變態大叔的訓練，他對分離這些神經還是沒有把握，因爲，學習成績太差的他，那些神經他根本不能百分百確定要切哪根，要保留哪根。

站在護士站用監視器觀察手術的李主任，此刻已經被手術吸引住了，他被這手術的天才想法，和高超的技術所折服。

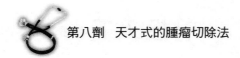

「好個趙依依，好個實習醫生。江山代有才人出，長天大學附屬醫院爲什麼總出些怪才呢？」李主任自言自語地歎道。

聽了這話，王鵬知道，趙燁的手術成了。只有小惠還在擔心，害怕母親不再醒過來。她現在很亂，面對著王鵬，她不知道自己要怎麼辦才好。

手術室中的趙燁渾然不知，自己的一舉一動正被人監視著。

李主任看了幾分鐘手術以後，心中已然有數，塞翁失馬焉知非福，一個大膽的實習醫生將患者拉到手術室，卻成就了一台經典的手術。他放下心開始算計，如何將這台手術算到自己頭上，將功勞搶過來。

實習醫生趙燁只想手術，只想治病救人，卻不知道醫院裏勢力犬牙交錯，人與人之間的爭鬥十分殘酷。

今年醫院領導要換屆，平靜的醫院中早已暗流洶湧，各種勢力蠢蠢欲動。

如果趙燁知道門外有人在用監視器窺視自己，趙燁肯定會毫不猶豫的喊出變態二字！

腫瘤科李主任一臉專注的看著監視器的螢幕，那奇怪的笑容讓人有種錯覺，他似乎在觀看日本的國粹電影。

當然李主任不是變態狂，就算他變態也不會偷窺趙燁，更不會偷窺躺在病床上的病人。他看到的是趙燁的手術，滿眼的貪婪，他看到了未來的希望。

手術室裏正在進行最後的縫合，當然這些基礎的東西都是由實習醫生趙燁來完成。就是基礎的東西，趙燁一樣可以玩出新的花樣。

「知道我這種縫合方法叫什麼嗎？」趙燁對趙依依說。

「這有什麼名堂，不就是普通的間斷縫合麼？」趙依依仔細看了看趙燁的縫合，覺得並沒有什麼不同。

「錯了，看好了，我這叫縫紉機，不信你看。」趙燁說著，雙手的速度變得飛快，真如自動縫紉機一般。

患者並不長的傷口密密麻麻地佈滿了縫合線，每一條縫合線之間的距離都是一樣的，趙依依仔細看了看，真如機器縫合的一般，工整快速。

「你的名堂還真多，剛剛出來個什麼剔骨刀，分離骨肉，現在又來個縫紉機縫合法。」趙依依微笑著，她雖然戴著大大的口罩，可依然美麗，那雙眼睛彷彿帶電一般，拚命對趙燁放電。

她覺得趙燁這個未經人事的處男應該被電得魂不守舍，可偏偏趙燁無視她的美麗，無視她赤裸裸的勾引，她看不懂趙燁這個人。

配合了一台手術，讓趙燁和這個與自己同姓的女人熟悉起來，趙燁是個開朗的人，喜歡開玩笑，當然他只與自己熟悉的人開玩笑。

「精彩的手術，你以後跟我混吧。」摘下口罩的趙依依突然說，「你要什麼條件都可以。」

趙燁可以跟人開玩笑，但卻不可以隨便承諾什麼。他喜歡跟這個女人聊天，開玩笑，甚至被她勾引，但不代表他喜歡跟著她一起混。

而且趙燁不想被束縛，他更喜歡自由自在的，這就是爲什麼第一次拒絕了趙依依的好意，第二次他仍然不打算同意，於是他轉移話題反問道：「似乎剛剛說的是，我手術成功了，你什麼都答應我的，可不是我要答應你什麼吧！」

「那你要什麼呢？」趙依依語氣中明顯帶著挑逗，趙燁覺得血氣上湧，臉頰發燙，面對這樣爲老不尊的老師，他只能暗罵自己丟人，竟然被調戲了。

趙燁可以無視她的美麗，卻不能無視自己的荷爾蒙。淡定、冷靜，趙燁控制著情緒。

「等我想好了再說……」

剛剛走出手術室，兩個人就碰到了腫瘤科李主任一行人。

他們看到手術結束，每個人都有不同的表情。

首先，李主任是一臉的笑。

「依依，看不出來啊，我們科室最難辦的病人竟然就這麼解決了，你可真是深藏不露啊。我可要好好地謝謝你，感謝你爲我解決了這個難題。這樣吧，一起去吃個宵夜怎麼樣？帶著你身邊這個實習醫生，大家一起去。」

老奸巨猾的李主任三言兩語就把功勞撈到了自己手裏。

兩個人同是科室主任，看起來似乎一樣，可實際上這兩個人無論在醫院，還是社會上的人脈關係，年輕的趙依依自然比不了李主任。

趙依依看起來年輕，但卻是個社會經驗豐富的人精，她辛辛苦苦做了一台手術，當然不會輕易讓出去。更何況這手術意義非凡，如此難度的手術完全可以寫成論文發表，讓聲望進一步提升。

「哎喲，李主任這可不敢當，我這是盡職盡責，病人的急症手術本來就是我們急救科的分內之事，怎麼能勞您大駕呢。」趙依依一口回絕李主任的提議。

「哎，依依最近的手術技術大有進步啊。我老了不行了，看來以後是你們年輕人的天下了。今天多虧了你照顧我的實習生。」李主任說著又轉過來對趙燁說，「同學，你今天表現得不錯，遇事冷靜，在病人的生命面前你沒有逃避，做一個好醫生就要這樣。雖然你還是一個實習生，但我覺得你比一些主治醫師，甚至主任醫師都要強，我很欣賞你，來我們腫瘤科吧，等你畢業了，就來我們醫院，腫瘤科收你。」

誘惑，赤裸裸的收買！

長天大學附屬醫院是什麼醫院，一個本科畢業生來這裏當護士都難，更何況是一個醫生。

想要進這個醫院最少也要名牌大學的研究生，還要托關係，走後門。即使是這樣也不一定能進好的科室，例如腫瘤科。

李主任不是吹牛，以他的能力，他的人際關係，安排一個本科生就業很容易。當然他不會幹賠本的買賣。

趙燁有點糊塗了，二十一世紀什麼最不值錢？大學生！沒錯，就是大學生，曾被視爲天之驕子的大學生，如今連工人都不如。

起碼工人有一技之長，而大學生呢？大學四年的教育讓他們學了很多東西，卻又什麼都不會。

可這一天就有兩個人拉攏他，而且都是人們夢寐以求的工作。看著李主任慈祥的笑臉，再看看趙依依緊張的樣子。他不知道自己什麼時候變成了眾人爭奪的對象，成了搶手貨。

站在李中華身邊的王鵬更是覺得奇怪，他看得一頭霧水，那李中華主任剛剛還在責怪趙燁，還在打算推卸責任，可怎麼突然間就變成了拉攏趙燁。

雖然想不明白，他卻很羨慕趙燁，或許所有人都應該羨慕吧！長天大學附屬醫院也算得上是這個城市最好的醫院！

即使是研究生都很難在這裏找到工作！他覺得趙燁應該立刻答應，不應放棄這大好機會。

「不麻煩李主任了，我還是個實習醫生。至於工作，還早呢。哎，天黑了啊，回去睡覺了，好睏啊。」

趙燁打了個大大的哈欠，喉嚨裏的小舌頭亂顫，李主任差點氣瘋了，小小的實習醫生竟然也敢拒絕他。

哭成淚人的小惠根本看不懂眼前的情況，怎麼剛剛還在罵趙燁的李主任突然由暴怒魔鬼變成了善良的佛陀。

更加看不懂的是趙燁竟然拒絕人家好意的邀請，即將畢業的小惠最明白畢業生對工作的渴望。

「我媽媽怎樣？」小惠雖然對趙燁的決定疑惑，可她現在還是最關心母親的病情。

「手術成功，正如我答應你的。」趙燁沒再跟李主任糾纏，轉而面無表情地對小惠說。

趙燁雖然是個學生，社會經驗少，但不代表他是傻瓜。天下沒有免費的午餐，趙依依和李主任暗地裏的唇槍舌劍，趙燁雖然猜不出很多，卻也有所察覺。

李主任赤裸裸的收買讓趙燁覺得興奮。但他很快就冷靜下來了，這種便宜事不可能落到自己頭上。

「如果你不同意，可就錯過了一個絕好的機會。錯過了一輩子都得不到的機會！」

趙燁最討厭被人威脅，被人看不起。

什麼叫一輩子得不到的機會，難道沒有你，我就不能在好醫院當醫生？

更何況他根本就不準備投靠誰，更不想忠於任何人！趙燁只忠於自己，忠於信念，忠於理想。

趙依依看到趙燁默默不語，以爲他被這誘惑所打動了。她有些著急，但她已經拿不出更多的價碼。

很多人信奉利益，認爲這個世界上無所謂忠誠，只是所出的價碼夠不夠。甚至還舉出了例子，如果給你五千萬，讓你跟女朋友分手，如何？一個億呢？多數人會心動，但那不代表所有。李主任就是利益的信奉者，他不相信這個世界上有忠誠，他認爲開出的價碼夠大，足夠讓趙燁投靠自己。

然而趙燁卻是一個怪胎，利益不是不大，他也不是不動心，一心想要找個好工作的趙燁很喜歡李主任的提議。

但他卻更喜歡自由，更喜歡自尊。更何況現在的他並不怎麼在乎那破職位，特別是他做成了這個手術。最重要的是他很自信，想要得到更好的東西並不一定要通過這樣的方法，趙燁還有更好的方法，那就是自己去賺取。

「李主任既然求賢若渴，我這位同學不錯，你選他如何？」趙燁指的是王鵬。

李主任氣得臉一陣青一陣白，半個小時之前，他看到了自己晉級院長的希望，那個希望就是趙燁，就是這個手術。

在監視器的螢幕上，雖然李主任只看到了趙依依取腫瘤的一小部分，和最後趙燁的縫合。

憑經驗，他覺得趙依依是有意爲難自己，想利用手術來打擊自己，他現在唯一翻身的機會就是趙燁。

如果這手術是趙依依完成的，那麼無疑是將他李中華踩在了腳下。

本科室無法解決的問題，竟然要靠其他人。

李主任最拿手的就是腫瘤手術。他被譽為長天大學附屬醫院二十年內第一外科醫生。

然而他無能為力的手術，卻讓趙依依完成了，他無法容忍這樣的事情發生。

可他還是有辦法，只要這個實習醫生出來指正這手術是腫瘤科的，手術方法是他想出來的，那麼他李主任的顏面可以保全。同時這手術刀的難度非同尋常，特別是手術的方法，簡直讓人驚歎，猶如神來之筆。

如此一來，這手術的功勞就是他李中華的了！

但是現在，這個希望破滅了，他不得不想辦法！

失去了利用價值的趙燁，在他眼裏根本什麼都不是。

「你明天不用來了。」李主任丟下這句話就走了，惱羞成怒的他，能做的也就只有這些了。

「李主任怎麼這麼大的火氣啊，慢走啊。」趙依依作為勝利者，還不忘在傷口上撒把鹽，氣得李主任差點心臟病發作。

趙依依帶著勝利的笑容，送走了憤怒的李主任，之後，她突然發現眼前的三位實習醫生似乎有點不對勁。

「王鵬，對不起！」小惠對王鵬說，現在她母親脫離了危險，而她也終於鼓起勇氣說出了對不起。

「你沒有錯，不用說對不起。」王鵬說著，落寞地離開了，趙燁想去追他，卻被趙依依拉住了。

「你別多管閒事了，人家小情侶鬧彆扭，關你什麼事，走，跟姐姐吃宵夜去。」

趙燁想想也是，這種問題只能由他們自己解決，他能做的都做了。至於宵夜，長時間的手術對體力消耗很大，吃宵夜犒勞疲勞的身體是個好建議。

可趙燁總有種錯覺，覺得趙依依看他的眼神很怪異……

趙依依饒有興致地看著趙燁吃東西，忽然開口提議道：「這樣吧，我就吃點虧，你以後就叫我姐姐吧。」

「這烤肉真不錯。」趙燁抹了抹嘴巴上的油，然後高喊，「老闆，兩瓶勇闖天涯。」

城市中夜晚的主題永恆不變，美食、酒精與性。燒烤店的老闆別有意味地笑著，送來兩瓶啤酒。

一位時尚妖豔的美女，一位略顯青澀的小夥子。可惜趙燁不懂風情，竟然只顧吃喝。

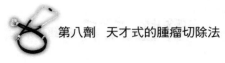

趙依依有些生氣，她雖然不是萬人迷，卻也是顛倒眾生的尤物，不知爲何在趙燁面前完全沒用。

「哎，你這個人真奇怪，想要叫我姐姐的人多了，爲什麼你不動心？」趙依依幽怨地說，那一嗔一怒真有說不盡的風情。

「你覺得我應該動心麼？便宜都讓你占去了。」趙燁喝了一口啤酒，淡淡地說：「明明是我做手術成功了，你輸了，可你卻在占我便宜。」

「哎，我這個姐姐怎麼會占弟弟便宜呢？好了弟弟，我輸了，你想要什麼，無論什麼要求，只要我能辦到，都不會拒絕。」

「哎，這個我還要想想，我現在想知道，我爲什麼變得這麼値錢了，難道就是因爲這個手術？」

趙依依輕輕托起酒杯，嘴唇在酒中輕輕一點，表面平靜的她，內心卻如驚濤駭浪。

趙燁今晚做的手術堪稱經典，可他竟然一副不在乎的樣子。

趙依依覺得趙燁要麼就是裝蒜，要麼就是真的不在乎，這個文靜的小子怎麼看也不像裝蒜的人，顯然後者的可能性大一點。她輕放下酒杯，朱唇輕啓：「你還是一個學生，你不知道這個世界有多麼複雜，每行每業都有自己的規矩，水深得很。」

「你知道麼，我與李主任雖然是同事，但我們更多時候是站在對立面，我們兩個現在是正面交鋒的敵人，是競爭院長位置的敵人。」

「院長？」趙燁驚訝，他沒想到眼前這女人胃口這麼大，竟然想做院長。她打扮得很年輕，卻難掩歲月的痕跡，更瞞不了趙燁的眼睛，他能看得出趙依依的實際年齡應該在三十二三歲左右。當然趙依依打扮得很年輕，其他人看她的確只有二十五六歲。

一個三十二三歲的人能爬到科室主任的位置上已經很厲害了，如果當上院長則是奇聞。

「這和我有什麼關係，我只是一個實習醫生而已。」

「你還不瞭解醫院，醫院是一個很複雜的地方，醫院是事業單位，同時也算科研機構。在這裏，你不僅要有超強的領導能力，很好的人緣，更要在科研上成爲帶頭人。」

「你明白你這台手術的意義麼，這台手術困擾了李主任兩年，他曾經斷言這病人必須保守治療。」

「而你是打破他預言的人，本來他很有希望競爭下一任院長，我跟他比沒什麼希望，但現在你出現了，就不一樣了。這個手術證明了我並不比他差！起碼是在醫術上。」

「哎，我後悔了。」

「你想去找李主任？」趙依依有些不快。

「不是，早知道我這麼重要，我就跟你多要點條件了。」趙燁說著又高喊老闆，「再來兩瓶啤酒。」

「啤酒隨便喝，姐姐別的沒有，就是錢多。」趙依依很高興，趙燁雖然沒說投靠自己，卻也沒疏遠。

「你爲什麼想當院長呢，身居高位不會覺得很孤獨麼？」

「人爲什麼要活著呢，總要有個目標吧。我已經走到了科室主任的位置，還要爭取什麼呢？」

「你可以成家啊，找個對你好的男人。」

「呵呵！你還真有意思。別的男人都是把自己推薦給我，而你卻把我推薦給別人。難道姐姐不漂亮麼？」

「不，你很漂亮。長大附醫一枝花，不就說的是你麼。」趙燁瞇著眼睛道。

趙依依也笑了，笑得很開心，她的動作不再優雅，狂野地端起酒杯一口喝光：「長大附醫一枝花的下一句你知道嗎？外科大樓母夜叉。」

「最後一句是你自己編的吧。」

趙依依笑了，笑得跟小孩子一般。她沒再說什麼，只是不停地喝酒。喝醉的女人對於男人來說，就是一塊送到嘴邊的肉。

漂亮的女人，如趙依依般的頂尖美女則算一塊肥肉，肥得流油，讓人忍不住流口水。那慵懶的表情，紅潤的唇，都是致命的。

趙燁不是什麼正人君子，喝酒又是海量，想要做點兒什麼，簡直易如反掌，特別是這位美女似乎對他沒什麼戒心。

「謝謝你的宵夜，我要回去了。」

「還很早啊，怎麼這麼快就要回去了？」

趙依依雖然得到趙燁的承諾，但這還不夠，她見過太多人當著面可以對天發誓，但一轉身就把你賣了。

「來陪姐姐喝一杯。」趙依依一仰頭，那杯啤酒已經見了底。趙燁搖了搖頭，趙依依已經醉了。

「我送你回去吧！」趙燁說。

趙依依似乎喝醉了，渾身發軟，趙燁沒辦法，只能去扶她，打算找個計程車送她回去。

成熟女人總是能將自身的美麗全部展現出來，趙燁覺得身上的某個部位已經變得不正常了，在他尷尬臉紅的時候，那妖豔的紅唇襲來。

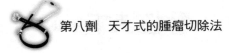

這不是趙燁的初吻，卻是最意外的一吻，最銷魂的一吻。會咬人的狗不叫，真正的色狼通常也是個悶騷。

嘴上淫蕩的趙燁，骨子裏卻是個正統青年，最後一道防線被擊潰後，他開始激烈地迎合。迷失不過十幾秒，趙燁輕輕地推開了她。

「我送你回去吧。」

趙依依在被推開的一剎那，就知道趙燁拒絕了她，那是冰冷的拒絕。雖然趙燁沒再說什麼，但是她感覺得到。

「你放心，我不會出賣你，這手術的確是你做的，我不會無恥到為了個工作而顛倒是非。」趙燁知道今天這台手術的重要性。

這台手術是屬於腫瘤科還是屬於急救科，就是他這個實習醫生一句話而已，畢竟病人是他送進去的，怎麼說都由他。

「難道你不想幫我麼？你可以跟著我，一起在長天大學附屬醫院開創一個時代，不久的將來，我能讓你成為醫院最風光的醫生。」趙依依不明白自己有什麼不好，為什麼拴不住趙燁這樣一個年輕的實習醫生。

「我不忠於任何人！我忠於自己，忠於原則！」

很多年以後，趙依依才明白趙燁這句話，他忠於自己的靈魂讓他成爲了全世界最頂尖的醫生，而他的原則讓他走了無數的彎路，用了比其他人更多的努力……

趙燁將趙依依送回去後，心中一直在考慮，今天的自己是不是很不男人，送到嘴邊的肉都不吃。

路過門口警衛亭時，趙燁發現那保安笑得很怪，很猥瑣，雖然擅長望診，但他卻看不透人的心思。

那保安半個小時前看到大美女趙依依帶著男人回家了，這不是她第一次，可每次她都沒允許男人跟她上樓。

唯獨這次，喜歡八卦的保安以爲兩人肯定會纏綿一番，沒想到半個小時趙燁就下來了。

「萎男，沒半個小時就敗下陣來了。」保安打心底鄙視趙燁。

美女投懷送抱卻能坐懷不亂那只是傳說，說出來沒有人會相信。特別是三更半夜從美女的屋子裏出來，更是跳進黃河也洗不清了。

第九劑

院長寶座爭奪戰

李主任今年五十四歲了，最後一次上位的機會！他拚搏了一輩子，卻始終沒能對得起自己的名字。所以這次他勢在必得，為了院長的位置，他佈局多年，拉攏人心，結交權貴。學術上他兢兢業業，發表論文無數。

就在他準備接受院長職務的時候，趙依依卻出現，一個未曾想到的對手，一個根本沒有機會戰勝自己的敵人，恰恰是她抓住了自己的弱點，掐住了自己的脖子。

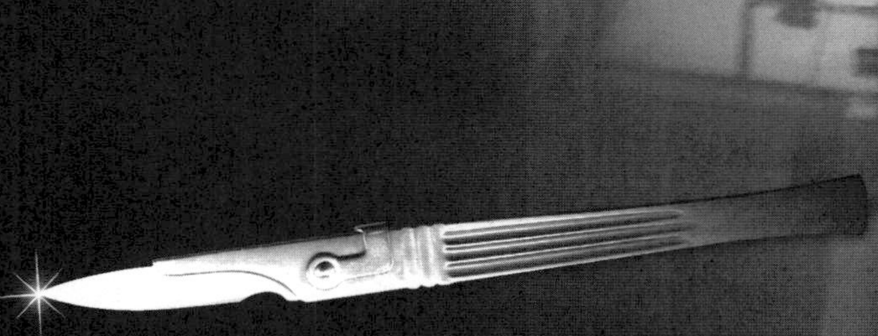

外科手術人人會做，卻不是人人都做得好。猶如下棋人人會下，卻也分業餘水準，職業選手，冠軍級別棋手。

在平靜的水面投一顆小石子，也能引起陣陣漣漪。在醫院這潭水裏投入一枚炸彈是什麼樣？沒有人想過，但正是這沒有人想過的事情卻發生了！

每個人都覺得，隱忍了數十年的腫瘤科李主任應該順利上位了，下一任院長非他莫屬。可一夜過後，他們發現事情並沒有想像的那麼簡單。院長是什麼？肥缺啊！都說不想當將軍的兵不是好兵，那不想當院長的醫生就不是好醫生。

長天大學附屬醫院算不上省內頂尖的醫院，可這醫院下面也有超過三百萬的人民，無數的潛在患者！每年醫院的收益也都在五億元以上。

雖然這五億的收益進不了院長的腰包，但院長卻有分配這五億元的權利，同時他也掌管著下面一千五百餘醫生，以及四千餘名護士。同時還有不計其數的後勤人員。

人人都想做院長，可卻沒有人敢真正的爭取，因為大家都覺得，院長非腫瘤科李主任莫屬。評院長要的無非是行政能力，學術能力，這兩樣李主任幾乎都是最好的。

腫瘤科的主任辦公室是所有科室中最樸實的，因此很多第一次見到他辦公室的人都會覺得他是位好醫生，不貪財。

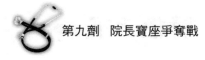

然而貌似廉潔的好主任今天似乎心情不好，他一直以來都是以關心患者的形象出現，可那群患者今天卻沒有盼來他們的好心主任。

李主任本名李中華，很大氣的名字。今年五十四歲了，最後一次上位的機會！他拚搏了一輩子，卻始終沒能對得起自己的名字。所以這次他勢在必得，為了院長的位置，他佈局多年，拉攏人心，結交權貴。學術上他兢兢業業，發表論文無數。

就在他準備接受院長職務的時候，趙依依卻出現，一個未曾想到的對手，一個根本沒有機會戰勝自己的敵人，恰恰是她抓住了自己的弱點，掐住了自己的脖子。

煩心的時候，李中華很喜歡看辦公室裏養的熱帶魚，很多時候，他覺得人跟魚沒什麼兩樣。

同樣被看不見的東西囚禁在密閉的空間中，同樣沒有掌握自己生活的權利。

如果人是生活在玻璃缸中的魚，那麼有權有錢的魚兒則是這玻璃缸中的主宰。

人一生是無法跳出這囚籠的，正如魚離不開水。離開了水的魚就不再是魚，那是鹹魚。而人不再是人，那是仙人。

他不是沒有想過，隱遁於深山中，從此世界上沒有李主任，只有李真人，那是何等的愜意，然而一個電話卻將他從幻想中拉了回來。

「老李，我聽說腫瘤科昨天做了個難度非常高的手術，但怎麼手術的人不是你啊，你知道這事影響多大麼？」

「是，是！對不起，那手術讓趙依依給搶了。本來我想做的，可那個女人不知道怎麼搶了先。」

「我不想聽多餘的解釋，現在形勢可不比當初了，我想推你當院長，但反對的聲音已經越來越多，你看著辦吧。」

李中華還想解釋，可電話那頭很粗暴地掛斷了。嘟嘟聲在耳邊響了好久，他才掛斷。電話的另一頭是他曾經的學生。現在的廳長，一句話就可以讓他當院長的官員。

可那一句話卻讓他這個老師等了很多年，讓他爲這句話付出了無數，包括尊嚴。

他突然覺得眼前的魚缸很討厭，砰的一聲，魚缸破裂了，混雜著水藻與沙石的水流了滿地，突然失去了水的魚兒拚命地拍打著地面，拚命地想要再次呼吸。。

拳頭上的鮮血混雜著水滴流下來，李中華從沒想到妖豔迷人的趙依依竟然也會玩這一手，從自己的手裏搶病人，搶一個幾乎沒有生存希望的病人。更想不到自己大意失荆州，難道一生的努力要敗在一個蕩婦手裏？

李中華不能容忍，他不想變成地上無法掌握自己命運的魚，無論用什麼手段都不能失敗，憤怒中的他緊緊握住拳頭。

無法饒恕，趙依依成了他最大的敵人，還有那個叫做趙燁的實習醫生，讓人厭惡的幫兇。

趙燁當然想不到一個小小的手術會讓長天大學附屬醫院亂成這樣，讓整個醫院都陷入院長之爭。

更想不到自己好心救人卻捲入了權利鬥爭的漩渦中。

在第二天早上醒來的時候，趙燁發現自己一柱擎天，回想起昨日猶存的溫柔，隱隱有些後悔，昨夜他很男人的掙開女人溫柔的雙手，很瀟灑的拒絕激情的一夜。

如果可以重來，趙燁面對著誘惑還會那麼做，然後第二天起來繼續後悔。他不想忠於某人，或者某個勢力，他更加不想捲入權利的角逐。

他是一個只忠於自己的人！

小人物永遠是小人物，即使做了驚天動地的事，他還是一個小人物。

物。

長天大學附屬醫院好像一灘深水，這水中藏有各式各樣的魚，同時也藏有各種兇猛的怪似乎跟沒事人一樣。

表面平靜的水面下，暗流湧動，兇猛的怪物與魚同時感覺到。唯獨掀起這暗流的傢伙，似乎跟沒事人一樣。

叼著校門口買的包子，哼著不知名的歌曲，快樂的趙煒正在上班的途中，醫院還是他眼中那個醫院，沒有什麼不同。

只是他唱歌實在難聽，而且又是那麼深奧，在公車上，一位初中模樣的小女孩很崇拜的問他，是不是周杰倫又出什麼新歌曲了，因爲只有周杰倫的歌才讓人聽不懂。

趙煒很嚴肅的告訴她，這是中華五千年傳統醫學的草藥賦，由各種草藥名稱以及各種穴位等等晦澀難懂的中醫名詞作爲歌詞，然後用歌曲的形式唱出來。

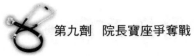

這樣可以記住很多東西，更加可以弘揚傳統文化，提高青少年內涵……

初中女生似懂非懂的點點頭，然後很興奮，醫生原來這麼酷，可以唱歌！哎，你的小風衣不錯哎……醫生都是你這樣的麼？我以後也要當醫生。

小風衣說的就是趙煒的白大褂，那個常年被蹂躪滿是皺紋但還算乾淨的白大褂！趙煒突然很後悔跟這樣的小孩說話。

「這是白大褂！小妹妹，你坐過站了！」趙燁整了整衣領，一臉嚴肅的說。

女孩一愣立刻下車了，然後她才反應過來，那有些小帥的醫生怎麼知道自己要在哪裏下車？再看看四周，距離她要下的車站明明還很遠……

甩開了那女孩的趙燁，覺得世界清靜了，繼續快樂的哼著他的小曲。每天一個多小時，時間不長，卻能讓趙燁可以記住很多東西。

醫學就是這樣用一點點的基礎知識搭建起來的，好的天賦加上正確的方法，讓趙燁走入了博大精深的中醫世界。

哼著歌走進辦公室的時候，趙燁聽到醫生們小聲議論。急救科沒什麼實習生，也就沒什麼外人。於是科室裏的醫生們說話都很隨便，特別是說別人八卦的時候。

今天八卦的對象是他們的主任趙依依，急救科所有男醫生的夢中情人，更是所有女醫生嫉妒的對象。有了共同的話題，辦公室裏相互傾軋的敵人走到了一起。

「聽說了麼？昨天的手術很精彩，趙主任真是厲害。」急救科的眼鏡男江偉是趙依依絕對的支持者，研究生畢業的他今年二十九歲，剛剛晉升爲主治醫師。

「手術厲害？我看手腕更厲害，真沒看出來，我們依依主任的城府真是深沉。」急救科的副主任是個胖女人，叫曹敏。

很勢利的女人，喜歡做一些損人不利己的事，特別喜歡拆趙依依的台，因爲趙依依對曹敏來說就是一個障礙，權利比她大，又比她年輕，更重要的是喜歡趙依依的男人一把把的，卻沒有一個人對她有絲毫的好感。

有人的地方就有江湖，這是很經典的一句話，人總是有欲望的，所以人與人之間總是互相傾軋。

「老師好，我是新來的實習生。」當穿著樸素的趙燁笑眯眯地出現在辦公室的時候，正在專心八卦的醫生們嚇了一跳，紛紛做出努力工作的樣子。

當他們發現不過是個實習生的時候，又都鬆了一口氣，嘟囔著不好聽的話，卻再也沒有了八卦的性質。

曹敏狠狠地瞪了趙燁一眼。這是一個打擊趙依依的好機會，她可不想就這麼放過：「大家聽我說，根據可靠情報，她昨天帶了男人回家，很年輕，似乎是在外面包養的二爺。」

「胡說，趙主任怎麼會幹這種事！」江偉有些惱怒，他不能接受自己崇拜的趙主任是那種人。

「胡說？有人親眼看見的，那小子長得高大白淨。嗯，就跟這實習生差不多。」曹敏的胳膊跟豬肘子差不多肥，手指猶如香腸，指著趙燁。

趙燁也不生氣，整了整白大褂的衣領，瞇著眼睛微笑著對曹敏說：「老師，背後說人壞話不好吧，當面說人壞話更不好。老師不要因爲我是個實習醫生，地位低下就歧視我，怎麼能當面說我呢？高大帥氣的可不只我一個，醫院裏很多老師也高大帥氣啊。例如我們醫院的龍院長，也很帥氣啊。」

得罪老師並不是一件明智的事，中國有句老話，叫做人在屋簷下不得不低頭。可趙燁不這麼想，如果遇事不反抗，對方定然得寸進尺，被人當面騎到脖子上拉屎的滋味他可不喜歡。

曹敏撇了撇嘴，他沒想到一個實習生竟然有膽子頂嘴，於是很不屑地說：「說你又怎麼樣？別說你地位低下，就算你是院長我也當面說。」

「你還說院長，你見過院長麼？沒見過就拍馬屁你也算是史上第一人啊。院長可沒有你這副小白臉的樣子，他長了一副黑驢臉，整個人跟氣球一樣，我都看不上他。」

曹敏笑得很放肆，猶如街頭無所事事的大媽，在與另一位大媽的罵架中占了上風，一手掐腰，一手挖著鼻屎。

得意的曹敏發現辦公室沒有人叫好，更奇怪的是大家眼中都流露出一種奇怪的眼神，迷茫了許久以後，她突然感覺背後冷冷的，原來她身後一直站了一個人。

「龍院長，你怎麼有空大駕光臨啊。」曹敏擺出自認爲最好看的笑容。

「我就是再沒空，也要來看看啊，要不然怎麼知道我還有張黑驢臉呢！」龍院長黑著臉說。

「趙依依在哪裏，我要找她！」冷冷的目光掃視了眾人後，龍院長語氣冰冷地問。

看不慣曹敏以老賣老、仗勢欺人，趙燁作爲實習醫生雖然沒什麼權利，可他懂得借勢。順時而動，借力打力。

曹敏不知道爲什麼一個小小的實習生竟然敢得罪自己，難道他真的是趙依依的裙下之臣，有主任做他的靠山？想到這裏，曹敏更加生氣了。

曹敏狠狠地瞪著趙燁，在心裏已經想出了一百零八種酷刑，又將一百零八種酷刑變成幾百萬種組合，把趙燁折磨死了無數次。

可趙燁根本不在乎，趙依依是急救科的一把手，曹敏充其量是個二把手，所以趙燁並不害怕她。

趙依依有求於趙燁，自然會保他，所謂寵臣品級不高，卻壓死一片重臣。有趙依依保她，趙燁就不怕，有趙依依在急救科，趙燁就能逍遙地混下去。

在龍院長面前，醫生們不敢放肆，小心翼翼地工作著，有幾個熱心的甚至端茶倒水，大拍馬屁。

趙燁大一的時候見過龍院長，他今天看到龍院長就認了出來，這才故意引誘副主任曹敏說龍院長壞話。

「同學，我沒記錯的話，你叫趙燁是吧。」趙燁沒想到龍院長居然還記得自己的名字，一時有些激動，不知道說什麼好。

其實龍院長記得他的名字並不奇怪，因爲那年學生會中趙燁是很耀眼的一個。他的發言很精彩，給人的感覺很有才華。

「一轉眼你都實習了，哎，時間真快。趙主任回來，你幫我告訴她，就說我有事找她。」

整個急救科驚呆了，他們先是望著龍主任瀟灑地離開，然後看著趙燁這個不知名的實習生發呆。

長天大學附屬醫院有多少醫生，又有多少實習醫生，一個基本不問教育工作的醫院院長怎麼可能會認識一個實習生？

龍院長之所以認識趙燁，還是因爲趙燁這幾次的出色表現；急救心包積水的女子，協助趙依依完成高難度手術。醫院裏又有幾件事是龍院長不知道的？可惜急救科的醫生都不知道。

看慣了陰謀論的醫生們開始猜測，趙燁肯定有什麼大背景，肯定有很強大的靠山，要不然他憑什麼能被龍院長點出名來？

自詡聰明的人總覺得自己是天才，能夠看到所有事情幕後的陰謀，急救科的人都是聰明人，當然是自封的。他們開始向趙燁靠近，獻上自己的殷勤，順便打探一下趙燁的底細。

「同學，等趙主任是吧，坐下喝點水。」

「同學，實習多久啊？有問題就問，不用客氣，這裏的老師都會幫助你的。」

「我們這裏實習醫生不多，你怎麼會選擇來這裏啊？」

被圍觀的趙燁覺得自己就是一個珍貴的野生動物，眼前這群人都想研究自己的背景和底細。

趙燁覺得這樣很難受，很想告訴他們自己其實就是個普通的學生，沒什麼背景，更不用你們獻殷勤，至於那龍院長怎麼還記得他叫趙燁，他自己也不清楚。

可是他又覺得這樣被圍觀很受用，看到這群討厭的傢伙討好的樣子，趙燁感覺爽極了。

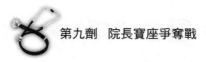

可惜曹敏臉皮還沒修煉到無敵，她沒上來表示既往不咎，反而冷冷地看著趙燁。被女人恨是可怕的事情，被老女人恨更可怕。

在充滿恨意的目光中，趙燁看到了曙光，趙依依主任來了，她依然是那樣豔光四射，微笑的她總是有辦法讓男人憐愛，讓女人嫉妒。

「龍院長剛剛來找你了，似乎有重要的事。」曹敏雖然喜歡說趙依依的壞話，可在趙依依面前卻總是裝出友好與關心的樣子。

「謝謝了！」趙依依說完又招了招手，「趙燁，跟我來辦公室。」

在男人們極度羨慕的目光中，趙燁走進了辦公室，典雅別致的裝飾，魚缸裏游動的熱帶魚，牆上懸掛的抽象派油畫，火紅的地毯。

走進辦公室的趙依依脫掉外套，整個人都陷在軟綿綿的沙發中，她閉上眼睛，似乎很疲倦的樣子。

「你不去找龍院長？」

「不去，我知道他要幹什麼。」

「大人們真複雜！」趙燁學著蠟筆小新的聲音，他本想逗趙依依開心，可趙依依並沒有笑。

「你也夠複雜的，我真看不懂你！也不知道如何形容你，或者稱你為『妖孽』挺合適。」

「別，要當妖孽還是您自己當吧，你這個妖孽顛倒眾生，翻雲覆雨。我這點小能耐，哈，算什麼啊。」趙燁其實更想說，你才是妖孽，看看急救科那群男人讓你迷得昏頭轉向。

「好一個翻雲覆雨，現在的長天大學附屬醫院已經讓你給攪和得翻雲覆雨了。你可知道龍院長找我去幹什麼？」

「我又不是那頭黑臉龍，你問我，我問誰去！」

「我小看了李中華，他畢竟是混了三十多年的老油條，即使我做了那個手術，也只是暫時的優勢，依然無法動搖他的根基。」

「醫院的高層依然覺得他才是院長的最佳人選，所以我被派遣出去，去H市參加醫學研討會，為的是避免我們兩個正面交鋒。」

趙依依心有不甘地說，她有些失落，昨日的狂喜變成了今日的洩氣，無論誰都難以接受。趙燁不能理解這其中的權利糾紛，也不想參與進去。

「祝你一路順風！」

「你不打算跟我走？你留在這裏怎麼實習呢？」在趙依依看來，趙燁將急救科的醫生得罪了個遍，而李中華又是睚眥必報的人，恐怕他將來的實習生活會很艱苦。

「我？跟你去參加學術研討會？」

「是啊！聽說全國最知名的醫生都會去哦，在那裏你可以學到很多東西，比待在醫院強多了。」

趙燁覺得夾著尾巴跑路不是他的個性，而且那個什麼學術研討會他壓根不知道是什麼東西，更不想去。

積累經驗，成爲長天大學附屬醫院最強的外科醫生才是趙燁的目標。趙依依怎麼看都像個狐狸精，說話根本就不像真的。或許她有什麼目的吧，難道她也覺得自己有什麼背景不成？

「哎，我就是個實習醫生，又幫不上你什麼，算了吧。」

趙依依眼神閃爍不定，最後歎了口氣：「我一個女人家，又沒有什麼實力，只能放棄這絕好的機會，看著下一任院長離我而去了。」

「我想你不會這麼容易放棄的。」趙燁淡淡地說。

「我希望你能幫我，你是我的福將！」

趙依依算不上最頂尖的女人，趙燁見過很多比她漂亮的，先不論大明星鄒夢嫻，就連鄒舟，還有菁菁都比她漂亮很多。

可趙依依確實最有女人味道的，她最懂得將魅力發揮到極致，這樣女人如果有了聰明的頭腦，放在古代就是個狐狸精，放在現代那就是個妖孽。

可面對這樣的妖孽，趙燁就是不為所動，默默不語！

有的人一眼就能看穿，而有些人即使是相交十幾年的老朋友，都不知道他到底在想什麼。趙依依是那種看面相永遠看不出的人，很多人覺得她天真可愛，很多人覺得她是天生風騷，趙燁看來她不過是個女人，而且還是個小有野心的女人。

趙依依就這麼放棄？趙燁不信，這女人是有野心的，一個有野心的人，不會放棄任何向上爬的機會。她所謂的離開，趙燁並不覺得她會真正的離開。

打擊敵人是第一步，而發展自己則是第二步，也是最重要的一步，趙依依已經在氣勢上占了上風，可她跟李中華比起來，在實力上還是有差距。

避開風頭也算是一種選擇。趙依依在猶豫是否要出差一段時間，在搖擺不定的同時，她也在拉攏趙燁，或許她是看重了趙燁的才華，或許她也覺得趙燁似乎真的有某種背景！

趙燁始終沒有答覆她，趙燁覺得自己沒必要把實習生涯，甚至職業生涯跟她捆在一起。

最重要的是他不想做人家的棋子，任人擺佈。

急救科最近幾天似乎沒什麼病人，趙燁也不那麼忙了，他想起了兄弟王鵬，於是摸出兜裏那老舊的手機撥通了王鵬的電話，打算找他出來聊聊。

上次在手術室分手後，趙燁一直沒找過他。那天王鵬跟小惠是一起走的，趙燁雖然跟他們關係很好，但感情的事趙燁決定不管。

電話嘟嘟響了幾聲以後，趙燁聽到了王鵬疲憊的聲音，他剛想問問這小子是不是舊情複燃了，卻聽到對方先開口了。

「我剛想打電話給你，我準備明天離開。」

「你開玩笑吧，發燒了吧，你怎麼想的?學業怎麼辦?」趙燁萬萬沒想到，趙依依不走，自己最好的兄弟卻要離開了。

「我說真的，是兄弟就來送送我吧。」

掛了電話後，趙燁想都沒想就跑去宿舍了，他知道王鵬是認真的，不是在開玩笑。

趙燁拚命想讓他回復到正常的生活中，王鵬自己也想，可表面上的快樂並不代表內心真正快樂，傷口恢復得再好還是會留下疤痕。

雖然大學上了五年，可像他這樣宅了兩年多的傢伙，學到的東西並不多。

「真的準備走了？」趙燁問。

「嗯，我東西都收拾好了，我計畫很久了。」

「那學業怎麼辦？」

「算了吧，我要這學業有什麼用呢，根本就沒有用，我能做什麼？醫生？醫藥銷售代表？都不是我想要的。」

「這學業已經耽誤了我很久，我想好了，不能再浪費時間了，我浪費的已經夠多了。」

王鵬頭也不抬地收拾東西。有些事情一旦決定就無法改變了，趙燁知道再說什麼都是白費。

「我幫你吧。」趙燁有些落寞地說。

王鵬指著一堆收拾好的書說：「這東西給學弟學妹吧，我不用了。」

「這東西沒人要的。」

「為什麼啊？都是新的。」

「沒錯，就是新的才不要，他們要的是寫滿字的，寫滿筆記心得的書，一本五塊錢，很好賣。」

王鵬覺得，自己就跟這些書一樣，很乾淨，大學五年沒寫上一點兒東西。他到底得到了什麼，是不是跟這些書一樣，送都沒有人要？一陣莫名的悲哀湧上心頭。

「是因爲小惠麼？」趙爗猶豫了很久，終於問了出來。

「她不值得你這樣的。」

「不是因爲她，我想了很久了。離開是我最好的選擇，或許我浪費了幾年，但我不想浪費一輩子，如果我繼續勉強自己留在這裏，那麼我一輩子就完了。」

王鵬頓了頓又說，「哥，謝謝你。我這幾年沒得到什麼，唯一的幸運就是遇到了你。」

「行了，什麼都別說了，都是兄弟謝我做什麼。走，我們去喝最後一次酒吧！」

「好，最後一次酒，你就不要送我了，我害怕我會哭。」

「好，那就先哭出來……」

離別的酒總是難以忘懷的，很多年以後人們可能會忘記一切，但卻永遠不會忘記同學之間的友情，那純真的、難以忘懷的友情。每個人都有自己的路，趙爗不會阻攔他，只會堅定地支持與默默地祝福。

很早以前，趙爗一直以爲，只要有了超強的實力，就可以改變一切！現在他覺得那簡直是最天真的想法，就好像小時候以爲考上大學，就可以改變命運一樣。

現在他考上了大學，依然活得跟以前一樣，看不到美好的未來。現在他跟變態大叔李傑學到了超強的醫術，可現實中依然充滿了無奈。

王鵬最後還是離開了，趙燁最好的朋友離開了。無能爲力的感覺是最難受的，趙燁很想把他留下來，卻沒有一點兒辦法。

人活著總得有點目標，王鵬去追尋自己的夢想了，趙燁也不能碌碌無爲地生活。也許是受到了刺激，醉酒後的趙燁沒有賴床，一大清早就爬了起來，更加難得的是他一邊哼著歌，一邊開始打掃房間。

這房間不知道多久沒收拾過了，趙燁發現浴室牆角的拖把竟然長了蘑菇。本著物盡其用的原則，趙燁毫不留情地用手術刀將蘑菇進行了外科解剖，然後放到老鼠夾上準備捉隻老鼠，再弄個試驗品解剖。

心情大好的趙燁唱著中醫歌賦，所謂的中醫歌賦就是把中醫各種難記的東西串聯到一起，然後以歌曲的形式唱出來。

這樣的好處就是能記住，壞處就是趙燁的歌聲實在擾民，沒等他唱到五分鐘，隔壁就開始喊了。

「唱什麼唱啊！唱得這麼難聽還出來丟人？」

隔壁住的是一對小情侶，喜歡玩勁舞團。趙燁跟他們並不熟悉，知道他們玩勁舞團還是因爲他們電腦的聲音太大，經常能聽到那音樂及敲打鍵盤的聲音。

面對鄰居的指責，趙燁並不在乎，反而打開窗戶喊：「不好意思啦！我是純偶像派歌手，你們多擔待哦！」

「純偶像派歌手，你這樣也好意思說你是歌手？還純偶像派。」對面的小情侶之男疑惑道。

「靠，純粹偶像派歌手，就是一點實力也沒有，偶像派當然是用長相吃飯的，這都不懂，你們是非主流啊。」趙燁說完還得意地扭了扭他自認爲性感的屁股。

所謂人至賤則無敵，趙燁就是無敵那種，對方果然沒再言語，屈服在純偶像派歌手趙燁的淫威下。

在令人恐懼的偶像派歌聲中，兩個小時慢慢過去了，趙燁終於將屋子收拾乾淨了，同時也將中醫歌賦用京劇、流行歌曲以及自編的眾多形式演唱出來。

兩個小時他記住了很多東西，趙燁對自己的表現很滿意，唯一的缺憾就是他這個偶像派歌手一朵鮮花都沒得到，幸運的是沒有鄰居將臭雞蛋、爛番茄丟過來。

醫學是一門需要時間積累的科學，變態大叔離開的時候對趙燁說過，雖然趙燁醫術上的進步快得讓人驚歎，可他畢竟還是個菜鳥。

特別是在中醫方面薄弱得很，要成爲一名真正的國醫，趙燁還需要更加努力地學習知識，努力地學習技術。

早上起來活動一陣，趙燁覺得神清氣爽，穿著滿是皺紋的非主流小風衣奔赴醫院前線去了。

王鵬離開的時候對趙燁說過，兩年後會帶著自己的成績單來找他，趙燁自然也不能閑著，唱歌是偶像派，當醫生可是實力派。

兩年以後王鵬或許會擁有很大的成績，可趙燁的成就呢？他的老師醫聖李傑曾經私下評價過這個學生，三至五年內他將成爲國內最頂尖的外科醫生，沒有之一！

心情如鐘擺左右搖晃，趙依依不知道離開好還是留下好。趙依依心裏不想離開醫院，離開了就代表她服軟了。原本支持她的人也會動搖支持她的想法。

可腫瘤科主任李中華的實力根深蒂固，二十多年可不是白混的。趙依依雖然厲害，無奈，她無論是人脈還是資歷都差得太遠。

人脈就是一張網，一張看不見的網，錯綜複雜，牽一髮而動全身。它將所有的人籠罩期間，想要掙脫這網的束縛，很難！

所以趙依依在搖擺，在離開與留下中搖擺，在屈服與抗爭中搖擺不定！這場手術給了她成功的希望，她不想放棄，然而腫瘤科李主任的實力卻讓她恐懼，如果失敗了，她恐怕就無法在這個醫院混下去了。

進也不是，退也不是，趙依依陷入進退兩難的境地。至於龍院長提出的意見，趙依依只能裝作不知道，現在的她是能拖一天是一天。

最強的狩獵者，不會滿山遍野地追逐，而是靜靜地守候，直到最大的、最有價值的獵物過來。趙依依在等待機會，一個一擊致命的機會，她要將李中華一舉擊倒。

此時，急救科的醫生們正處於興奮狀態，聽說趙依依與李中華競爭院長的消息後，他們突然團結起來，同仇敵愾、想方設法地幫助趙依依，所謂皇帝不急太監急大概就這個樣子。

「你們說咱們趙主任有多大的機會啊？」眼鏡男江偉是急救科中最支持趙依依的人，也是最關心這件事的人。

「咱們趙主任要是當上了院長，咱們也不用受窩囊氣了。以後咱們都去別的科室當主任去。」另一位醫生憧憬著美好的未來。

「那是，那是，在急救科天天都要緊繃著神經，每次都是人快死了才來，要麼就是小題大做的，每天值夜班，連三個小時都睡不上！」

「就是，等咱們主任當上了院長，就換科室……」

小人物總是將希望寄託在別人的身上，而不知道自己去改變。這就像懶漢不去工作，而是希望有一天能中大獎，變成千萬富翁。這也是爲什麼皇帝不急，太監急的原因。

曹敏曾經視趙依依爲最大的敵人，此刻卻變成了她最大的擁護者，她的夢想就是，等趙依依升級爲院長，她就能順理成章地接任科室主任的職務了。

雖然她在很多方面不如趙依依，可不代表她是庸才，實際上曹敏在哪個方面都不差，只不過她碰到了趙依依，因此她經常感歎：「既生敏何生依。」頗有幾分生不逢時的無奈。

「升不升院長還沒有定論，我看咱們的依依主任還很難。腫瘤科的李中華可是人老成精，手腕厲害著呢。」

「哎，你怎麼總是潑冷水啊，李中華厲害，咱們趙依依主任也不弱啊！論科研，咱們主任的論文一個月一篇，誰有她這麼厲害；論管理，咱們急救科的收益三年翻一番。」眼鏡男江偉的話得到大家一致贊同，曹敏看到這群一廂情願、頭腦簡單的醫生，不由得搖了搖頭：「咱們主任是厲害，可你們想啊，李中華也不弱啊。如果不是那個手術，恐怕咱們主任連升級成院長的機會都沒有。」

誰都不是傻子，大家都明白，曹敏的話讓大家冷靜下來。曹敏覺得很自豪，她喜歡自己比別人聰明的感覺。

「大家不要擔心，咱們趙主任可不是一般人能比的。你們發現沒有，趙主任最大的優勢是什麼？」

曹敏掃視了眾人一眼，然後神秘地說：「你們知道麼？那個實習生，就是叫趙燁的小傢伙。我聽說，那天手術的主刀醫生是咱們趙主任，你們知道助手是誰麼？」

「難道是那個趙燁？」一名醫生疑惑道。

「正確，就是趙燁。一個實習生憑什麼進手術室啊，告訴你們，根據消息，這趙燁的背景很深厚。大家想想，趙主任對他的優待，龍院長對他的態度，上次我們討論過他的背景，可現在看來，我們還是低估了他，也許他的父親是某位高級官員。」

「趙依依主任帶著他手術就是示好，對實習生來說，看到高難度的手術意味著什麼？另外，這實習生似乎很迷戀咱們主任……」

曹敏的話引起一陣哄笑，眾人很開心。唯獨眼鏡男江偉有些氣憤：「你怎麼能這麼說啊，趙主任不是那種人。」

可他的話根本沒人聽，誰都知道，趙依依最大的優勢就是她是女人，還是漂亮的、勾人心魄的女人。

所以一位有深厚背景的二世祖迷上她並不稀奇，以趙依依的手腕，迷住個二十出頭的男人並不難，借著他的勢力向上爬再正常不過。

偶像派歌手趙燁，哼著他獨創的醫藥賦走進急救科。在眾人的目光下，他絲毫沒有不好意思，反而跟大家招手問好。

「嗨，各位老師早！」

看著趙燁的笑容，以及那身非主流小風衣，眾人突然在心裏暗暗爲趙依依歎氣。那麼漂亮的女人，爲了院長的職位竟然委身於這麼一位二世祖。

「小趙早啊……」

「吃飯了麼？」

「昨晚睡得好麼？」

老師的熱情讓趙燁不知所措，怎麼昨天還對自己看不上眼的傢伙們，今天全都變了個樣子？

趙燁很想照照鏡子，是不是早上的戲言成真了，莫非自己真的變成了偶像派？什麼都不用做，就能讓眾粉絲紛紛拜倒的純偶像派？

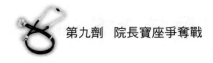

「走了，跟我去查房！」在趙燁來不及思考自己是偶像派多一點，還是實力派多一點時，就被趙依依表情嚴肅地拉著工作去了。

趙依依的高跟鞋踩得噠噠直響，趙燁不得不小跑步才跟得上她。急救科的病人多是急性病，很多病人收進來後就會轉到其他科室。

查房很多時候只是個形式，並不是很重要。可趙依依今天卻很認真，似乎很著急的樣子。

趙依依不時問趙燁一些問題：「來給我說說這個患者的病情。」

趙燁睡眼矇矓地看了看，然後懶洋洋地回答：「這患者股骨蝶形粉碎性骨折，需要加壓螺釘及平衡鋼板固定，以有效地抵消扭轉、剪刀和彎曲應力。可以直接做手術，很簡單。」

患者看了看年輕的趙燁，然後很緊張地說：「趙主任我需要手術，但我不要實習醫生給我做手術。」

他說的實習醫生當然是趙燁，趙燁剛走進病房，所有的患者都盯著趙燁的胸牌看，然後紛紛露出恐懼的表情，更有甚者開始裝睡，不想讓實習醫生看病。

「放心，你的手術我沒興趣。」趙燁淡淡地說。

股骨骨折的患者終於放下心來，其他的患者則心驚膽戰地看著趙燁。實習醫生對他們來說就是死神，誰被他看上拉上手術台，就是必死無疑。

趙燁根本不理睬患者的感受，繼續查房，這次不等趙依依提問他就自顧自地說了起來。「這患者是因爲昏迷入院的，但他並不是神經系統的病症，他的病症在肝臟。」趙燁開始給病人做身體檢查，他的檢查並不像教科書上寫的那般，他用的是李傑獨創的方法，即使沒有現代高科技儀器的輔助，他仍然可以知道患者的情況：「他需要肝右三葉切除術，大約需切除整個肝臟體積的百分之八十五。」

趙依依驚奇地看著著趙燁，不知道這個穿著褶皺白大褂的實習醫生是怎麼看出患者病情的。

要知道這病人的ＣＴ結果只有她一個人知道，趙燁根本不可能看到。這是一種無法解釋的神奇。

趙依依對趙燁望診和切診的技法佩服得五體投地，可患者卻面露恐慌地看著這位說出自己病情的實習醫生，在患者看來，趙燁甚至算不上真正的醫生。

「你不用害怕，我不給你做手術。」趙燁淡淡地說。

接下來趙燁一口氣說出了所有患者的病情，驚得趙依依說不出話來，她甚至覺得趙燁本身就是各種儀器的集合，他對這些病患的診斷竟然完全正確。

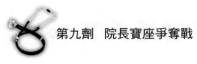

趙燁診斷出所有患者的病情後，自己卻高興不起來。他想要的並不是這些，外科醫生需要的是手術，特別是趙燁這個實習醫生更需要手術來積累經驗。

他只是個實習醫生，患者不相信他也正常。可趙燁不打算坐以待斃，走出病房後，趙燁整了整白大褂的衣領，瞇著眼睛微笑著對趙依依說：「趙老師，我突然想到了一個問題，關於您昨天說的學術研討會。」

「是啊，有什麼問題，難道你改變主意想參加了？」趙依依問。

「不是我想參加，我聽說那學術研討會有很多名醫會做學術報告，還有很多的『刀會』。」

所謂的「刀會」，就是外科手術交流，因為手術刀是最為人們熟知的手術器械，所以人們稱其為「刀會」。

「那又怎麼樣？」

「所謂不入虎穴焉得虎子，你如果想競爭院長，這就是個機會，避實就虛，在長天大學附屬醫院面對李中華沒有機會，不如去學術研討會上做文章，也許你還有機會。」

趙依依思考了片刻，眨著美麗的大眼睛，雙手扶著趙燁的肩膀說：「你真是我的福星，我怎麼沒想到。」

趙燁想說因爲你沒早帶我查房，早帶我查房你早就想到了。

趙燁其實是自己想去參加那個學術研討會。

這群病人改變了他的想法，本來他天真地以爲擁有頂級的醫術就可以治病救人，可世界上沒有那麼簡單的事。實習醫生不會得到人們的信任。他更不想等自己成爲住院醫生再手術，對手術近乎饑渴的他等不到那個時候。

那個學術研討會肯定有手術的機會，而且有機會接觸到頂級的醫生。

他可以瞭解最新的關於鄒舟腦瘤手術的資訊。那個單薄的女孩始終留在趙燁的腦海裏。

「學術研討會不僅是高端醫生的聚會，更是學術交流。我真心希望你能跟我一起去，在那裏你能學到更多的東西。你不會拒絕我的再次邀請吧？」

趙燁默默不語，很爲難地說：「我想參加手術，我想主刀，我想我留在長天大學附屬醫院更有希望。」

「手術還不容易，交流會上有很多交流手術，我保證讓你開刀！」

趙燁等的就是這句話，費盡力氣要的就是趙依依讓他開刀的承諾。他立刻打起精神，瞇著眼睛微笑著說：「這可是你說的，我要做十台以上手術，難度太低的我不要。」

趙燁得了便宜還賣乖，竟然要求高難度的手術。

博士畢業的趙依依有著跟學歷不相稱的迷信，她總覺得趙燁是她的福星，特別是今天趙燁的提議讓她看到了獲勝的希望。

「沒問題！我會滿足你的要求，誰讓你是我的福星呢。」

感情的事總是糾葛不清，然而人們卻樂於糾纏其中。文化名人說婚姻就像一座城，進去的人想出來，出來的人像進去。

也因此，趙燁對於感情一直是小心翼翼，生怕陷入於此。

看著傷心的王鵬趙燁很心疼，這麼好的一個兄弟就這麼迷失了。送別時趙燁喝得很多，以至於自己怎麼回家都忘記了，這一覺不知道睡了多久。

醒來後他迷茫，醒來後他決定去參加醫學研討會，除了學習，他還是在逃避，他自己並不知道這一點。

每天嘻嘻哈哈貌似快樂的人，有時候並不是真正的快樂，很多時候他們比誰的心思都重。

準備離開的趙燁並沒有同任何人說，如果通知或許要通知很多人，可卻沒有誰是必須通知不可的。

人有些時候是孤單的，儘管他身邊有很多朋友！

學術研討會的舉辦地點並不遠，距離Y市只有幾個小時的車程，趙煒帶了幾件換洗的衣服，走出門外，他回頭看了一眼自己的出租小屋。

似乎王鵬的離去讓他傷感，自己的離去還會有多久呢？到那個時候又會有誰來留戀呢？有人歡喜有人愁，每個人的生活都是平行的，互不干預，世界無論少了誰，這地球還是照樣的轉。

腫瘤科的病人大多都認識小惠，這個穿著時尚的女孩，開朗、大方、善良、漂亮集於一身。

今天，他們發現小惠一改往日的裝束，淡淡的彩妝不見了，漂亮的名牌衣物也不見了。然而這不影響她的美麗，清純的她反而引來更多人的目光。

王鵬離開了，老羅離開了，沒有人知道小惠心裏是什麼滋味。剛剛進行過手術的母親身體非常虛弱，身體還插著引流管，小惠一直在病床前照顧母親。

「小惠，你不高興麼？」躺在床上的母親問。

「沒有啊，媽媽的病好了，我怎麼會不高興呢。」

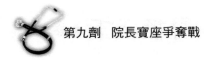

「是啊，我的病好了。不過你騙不了我，你是我的女兒，我怎麼會不知道呢。」

小惠突然覺得想哭，可是她卻不能哭，特別是不能在母親的面前哭，於是她只能強作笑顏：「媽，你多心了。」

快樂麼？

小惠問自己，或許從前快樂過，但現在的自己已經多久沒有快樂過了？真的喜歡眾星拱月的感覺麼，真的喜歡一身名牌引人注目的感覺麼？

小惠很懷念當年快樂的時光，可她知道自己回不去了。當她選擇這條路時，她就知道，自己永遠也回不去了。

有時候真正能幫助自己的人就在身邊，真正愛你的人就在你的身邊，真正的幸福明明就在手中，可人們偏偏視而不見。

真正的難題是趙燁解決的，手術費是王鵬替她交的。她想哭，雖然母親的病好了，雖然沒有人怪她，可她卻承受著最嚴厲的懲罰，現在的小惠比死還難受……

迷茫的時候，人們總是會想起自己的朋友，會不知不覺的找出能交心的朋友談一談。小惠的朋友不多，如今更是沒有什麼朋友。

俞瑞敏算是其中之一，想起這個天真又可愛的女孩子，小惠感到一陣溫暖。可是又想，她如果知道自己是被所有人鄙視的情婦，還會跟自己做朋友麼？

茫然走在校園中的小惠還在擔心，卻聽到有人在呼喚她，順著聲音的方向望去，正是她想念的俞瑞敏。

「小惠姐，你一個人在這裏？你剛剛哭過？」

「我沒有哭！」小惠強作笑容，「我只是出來散散心。你在幹什麼？」

「我也是出來散散心！」兩個相視一笑，知道對方說的都是假話。

俞瑞敏從開始就以爲趙燁跟小惠是情人，她覺得小惠哭了，是趙燁惹的，所以出言相勸，可心裏卻總是不那麼舒服。

「小惠姐，是不是趙燁那個混蛋對你做了什麼？我覺得你們兩個是有可能和好的，他還是很在乎你的。雖然他很多時候都是流氓，混蛋。可他並不壞，很多時候他還是有正義感的！」

小惠聽了俞瑞敏的話直接笑了出來，同時心裏也是一陣溫暖，因爲還有人關心她的。

「你這是從哪裏聽說的啊！我跟趙燁根本什麼關係都沒有。」

「啊？那你們？」俞瑞敏先是驚訝，繼而是莫名的高興。

「小妹妹，是你多想了！你說得沒錯，趙燁是個好人，其實我倒是應該勸勸你，我知道你有點喜歡趙燁。可他這個人很奇怪的，你很難抓住他的心，可要努力哦！」

俞瑞敏從來沒有嘗試過什麼叫做愛情，在她十幾年的人生中，趙燁是除了父親以外接觸最多的男生，趙燁給她的記憶都是流氓跟混蛋行徑，開學第一天很流氓的摸了她的胸部，然後又欺騙她拿那噁心的東西。

每次都是自己被捉弄，每次想要報仇，最後卻又是自己被捉弄！

「小惠姐，我才沒有！」俞瑞敏雖然否認，可兩個人都知道，這不過是害羞而已。

小惠於是有感而發，「戀愛的人真幸福！」

「小惠姐不是也有很多人追求麼？」

「我？我沒法回頭了！」

小惠本來是很想告訴俞瑞敏，她是被包養的情婦，她為了錢，出賣了身體，作為交換醫治母親的病！

可結局呢？她出賣了身體卻沒有得到什麼，更具諷刺意義的是，她的前男友，竟然替她付了手術費。

她不知道王鵬這麼做是為什麼，她滿是愧疚、悔恨……同時她也知道這於事無補，王鵬那眼神已經死了，看自己的時候冷冰冰的。

痛苦的她甚至想過一死了之，可她還有母親需要供養，自己是她唯一的依靠。她此刻真的後悔了，可這個世界就是這麼無奈。

原本應該有個很好的結局，如果當時不選擇這條路，或許那段快樂的時光成爲永恆，而不是消失在記憶中！

她很想找個人分享自己的悲傷、後悔，然而最後，她放棄了。

俞瑞敏這個天真的孩子不應該知道這些。

小惠摸了摸俞瑞敏柔順的頭髮，「把握眼前的機會，千萬不要讓他溜走了，否則你會後悔一輩子的！」

趙煒的出租小屋俞瑞敏去過一次，那一次她是哭泣著離開的，原因是趙煒對她的冷漠，以及她誤會漂亮的女孩菁菁在趙煒屋裏過夜。

很多時候，人們不知道自己在想什麼，俞瑞敏不知道那次爲什麼而哭泣，更不知道這次爲什麼而哭泣。

她發現趙煒的出租屋上了鎖，趴在窗戶往裏看，卻發現裏面東西亂七八糟的，她的第一個印象就是趙煒消失了。

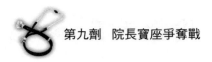

他永遠的離開了，無聲無息的離開了。

眼淚奪眶而出，或許是失望，或許是別的什麼……

俞瑞敏掏出手機，猶豫了好一會兒，她害怕撥出了電話號碼聽到關機，或是無法接通的提示，那麼就連最後一絲希望都沒有了。

瘦弱的俞瑞敏坐在趙燁出租屋的門口，楚楚可憐的流著眼淚，不知道過了多久。她終於鼓起勇氣拿起手機，然後撥通了趙燁的電話。

嘟嘟嘟的聲音讓俞瑞敏很高興，這表明起碼電話還能打通。她有些激動，然而短短的幾秒鐘後，她又越來越緊張，害怕電話永遠都沒有人接聽。

終於電話中傳來了熟悉的聲音，趙燁此刻正在汽車上與趙依依一同去w市參加那個醫學研討會。

電話接通了，趙燁卻聽不到任何的聲音，過了好一會，才聽到俞瑞敏說：「你去哪裏了?再也不會回來了麼？」

趙燁從上車開始就望著窗外胡思亂想，他想自己這麼無聲無息的消失了，誰會第一個給自己打電話呢？

他想了很多人，卻沒有想到會是俞瑞敏，這個總是想捉弄自己，卻總是被捉弄的小笨蛋。

「小魚兒笨蛋，你哭什麼？是不是被欺負了？我只不過出去幾天！沒來得及告訴你，誰欺負你了，等我回去，師兄幫你出氣。」趙燁突然覺得有些手忙腳亂，心裏出現一種難以言喻的感覺。

「你離開爲什麼不告訴我？」

「天地良心，我誰都沒有告訴。我只是去幾天，根本沒有那個必要啊！另外其實我想告訴你，沒騙你！你在我窗子的第三個花盆下找找，我還給你留了鑰匙！麻煩你這幾天幫我看家吧！」趙燁的鑰匙永遠都放在那裏，這不過是他的托詞。

俞瑞敏發現了鑰匙，又發現了屋裏到處亂丟的臭襪子，以及其他無數的髒亂東西。

「打開門了吧，我屋子比較亂，你就幫忙收拾一下吧！」趙燁露出副無賴嘴臉，對著電話說。

俞瑞敏出乎意料的沒有拒絕，她握著趙燁那把有些老舊的鑰匙，看著亂成豬窩的房子，心裏泛起陣陣暖意。

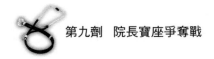

第十劑

刀會

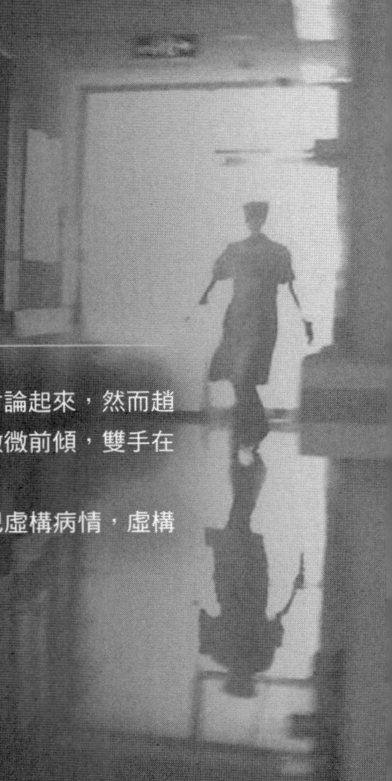

觀摩室中醫生們都不是泛泛之輩，他們開始就手術的內容討論起來，然而趙燁卻安靜得猶如一潭死水。他俯身在不銹鋼扶手上，身體微微前傾，雙手在胸前並不明顯地動著。

他閉著眼睛想像自己站在手術台前，是自己在做手術，自己虛構病情，虛構手術室，虛構手術刀。

他能夠模擬眼前的手術，將自己想像成手術中的主刀醫生。

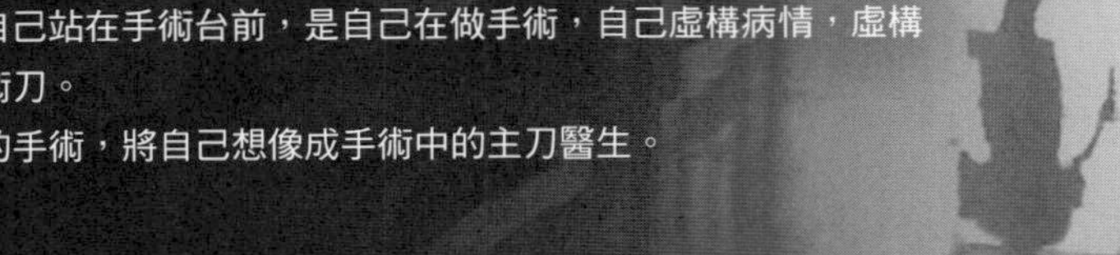

漫長的旅途讓人昏昏欲睡，趙燁不知道迷糊了幾次後，汽車終於平穩地駛進了W市，這裏是H省的省會城市。

W市的醫學工作是全國頂尖的，國內外科的奠基人之一就在這個城市定居，於是這裏成了國內醫學的聖地，每年都會舉辦無數醫學學術活動。

趙燁與趙依依兩人要參加的就是其中之一，活動的舉辦者是W市最大的醫院，而活動的贊助者則是一些藥商。

學術活動除了交流醫術以外，更多的是藥商為自己的藥物做宣傳。藥商資助這種活動的時候很是大方，包辦了參與活動的醫生的所有費用。

本次交流會的舉辦地點是W市的協和醫院，參加交流會的外來醫生則住在協和醫院不遠處的一家四星級賓館。

賓館的床很大很軟很舒服，趙燁將包隨手丟在地上，整個人呈大字趴在床上，坐了幾個小時車，他覺得腰都要斷了。

「別休息了，換件衣服我們去吃飯。」趙依依將隨身的東西放好後，一邊補妝一邊對趙燁說。

「吃什麼飯啊？」趙燁有氣無力地問。

「其實吃東西不是目的，主要是和來自全國各地的醫生認識一下，然後大會的主辦方會通知接下來的學術演講、手術觀摩等活動。」

W市算不上旅遊城市，更不是商業中心，在有些寒冷的深秋時節，賓館的生意只能用慘澹來形容。

可假日酒店近日卻熱鬧非凡，原因就是隆輝製藥贊助的這個學術研討會。隆輝製藥在醫療界赫赫有名，他的產品種類繁多，幾乎涉及所有醫療項目。

越是有優勢，隆輝越是不敢放鬆，每年他們都在想辦法鞏固原有市場，進一步擴展未曾開發的市場。

贊助醫學研討會正是他們擴展市場的一部分，借著這個機會，他們可以將自己產品的特點介紹給醫生，比起其他那些只會給醫生藥品銷售回扣的藥商來說，這也是一種進步吧。

財大氣粗的隆輝請來了很多頂尖的醫生，相比之下，趙依依這樣一個三甲醫院的科室主任算不了什麼。

然而趙依依天生就是這種場合的焦點，很快她就跟身邊一群人高興地攀談起來，時而微笑，時而嗔怒，一舉一動都成為焦點。

宴會上觥籌交錯，趙燁跟著一群年輕醫生在不起眼的地方坐著，沒一會兒大家就熟悉了，開始閒聊。

「我叫王超，博士學歷，導師是神經外科專家黃海濤，你們是跟著哪位老師來的？」一個戴著眼鏡的年輕人微笑著對所有人說。

黃海濤算是大名鼎鼎的神經外科專家，他最擅長開顱手術，特別是顱內腫瘤切除算是國內頂尖。

趙燁不由得多看了幾眼這個戴眼鏡的傢伙，他來此的目的之一就是學習神經外科中的開顱。與變態大叔李傑的約定他沒有忘記，他想成爲他的助手，爲那柔弱的女孩鄒舟手術。

王超很喜歡到處表明自己的身分，更喜歡看眾人知道了他的身分後的反應，每次他只要報出導師的稱號，人們總是會用驚訝、羨慕的眼光看著他。然而今天除了身邊那個高個子有點吃驚外，其他人竟然一點反應也沒有。

「我叫徐強，心血管外科博士生。我的導師有很多，現在的導師是宋曉峰院士。」

如果黃海濤的身分讓人大跌眼鏡，那宋曉峰則讓人下巴掉了一地。宋曉峰是國內頂尖的心血管醫生，中科院的院士。

在座的幾個年輕醫生都有頂尖的老師，每一次介紹都讓趙燁覺得很震撼。專家們的學生都在這裏，他們自然也在這裏。

不知不覺大家將目光集中到了趙燁身上，這時候趙燁才發現輪到他自我介紹了。在座的其他人不是博士就是碩士，而且還都師從名醫名流。

「我是長天大學附屬醫院的實習醫生，現在就讀大學五年級，還沒畢業……」趙燁話還沒說完，大家已經失去了興趣。

實習醫生跟這群天之驕子相比，就好像貧民與貴族，而且還是那種地位崇高的貴族。趙燁在他們眼中根本什麼都不是。

「嘿，實習醫生？找到工作了麼。」王超看趙燁的眼神有些異樣。趙燁這麼精明的人不會看不出來，可他沒說話，這樣喜歡炫耀的傢伙多半沒什麼斤兩，同時又是心智發育不全的傢伙。

王超習慣了眾星捧月的感覺，他喜歡別人用羨慕的眼光看著他。剛剛抬出自己的恩師沒能讓大家震撼，於是他又開始用另一種辦法。

「沒工作我可以幫忙哦，華盛醫院你知道麼？H省最大的私人醫院，那是我家開的，我可以安排你進來啊。總醫院似乎不太可能，但分院你還是有機會的，什麼都不會也不要緊，可以學習的。」

王超得意地準備享受羨慕的眼光，可他沒想到趙燁的反應相當平淡，他整了整衣領，瞇著眼睛微笑道：「王博士是吧，我其實更多的是研究中醫，你知道中醫包羅萬象，其中有望診，這望診跟看相有著千絲萬縷的聯繫。」

「根據我的觀察，你的面相很有意思，是九全之相啊。跟我師父說的十全之相就差了一點點，要不要我給你看看相？」

拍馬屁，王超第一印象就是趙燁在拍馬屁。可是千穿萬穿馬屁不穿，王超高興地應允了，他覺得趙燁很有前途，很會做人。

「伸出手來。」趙燁淡淡地說。

王超很得意，對趙燁沒有絲毫懷疑，只以爲他在拍馬屁，所謂的十全之相，自然是十全十美了。

趙燁握著王超的手很仔細地研究了一下，然後不知道從什麼地方弄出來一支筆，對著王超說：「看清楚了，這個代表你的生命線，這條是事業線，這條是智慧線，看起來你都很圓滿。」

趙燁每指出一條線就在他手上畫下一筆，不知不覺那手上已經被畫得亂七八糟，黑漆漆一片。

「哇！我看出來了，你本應該有個遠大而美好的未來，可你這十全十美相卻少了個東西，或者說你五行中少了點東西。」趙燁故作神秘地說。

王超緊張了起來，趕緊詢問自己到底缺少什麼。

趙燁摸了摸沒有鬍鬚的下巴，貌似得道高人般緩緩地說：「嗯，其實我不應該說的，說了就是洩露天機，但看在我們一見如故的份上，我就告訴你吧。王超博士，你什麼都好，生命、事業都不錯，唯一的遺憾是你五行缺德，九全之相只有心智不全。」

在座的人爆笑，甚至有個妹妹笑得趴在桌子上，王超臉一陣紅一陣白地說不出話來。

「各位先生們，女士們。大家晚上好，我是隆輝集團H省分公司的總經理韓磊，今天很高興大家能夠來到這裏參加隆輝醫學研討會……」

開場白的客套話讓所有人安靜下來，雖然沒人聽進去。趙燁那桌的人也都安靜地聽著隆輝集團地區經理的演講。

「爲了促進醫學事業的發展，爲人類生命健康做出更大的貢獻，本公司決定拿出五百萬設立一個基金，設立隆輝醫學獎。用來獎勵交流會上對醫學貢獻最大的醫生，並且還會設立一個隆輝最佳新秀醫生的獎項，用於獎勵那些剛剛踏入醫療界的醫生們，以促進國內醫學的發展……」

最佳新秀醫生猶如重磅炸彈，在每位年輕醫生的心中掀起驚濤駭浪。這獎項雖然不是國家評定的，可含金量不容置疑。

在場的博士生、碩士生各個師從名醫，眼高於頂，卻都抵擋不住這種獎項的誘惑。

趙燁看著蠢蠢欲動的諸人，懶洋洋地伸了個懶腰，然後站起身悄悄離開了，在王超還沒發現他手上被趙燁畫的那種東西根本洗不掉之前。

「最佳新秀醫生，不錯的稱號，如果擁有這個稱號，就可以名正言順地給人開刀了。不，應該是有很多人搶著讓自己來開刀了。」趙燁想，可眼前這群傢伙的背景太嚇人，得到這個名號似乎不容易。

不管怎麼樣還是努力吧，趙燁不想跟著這群人一起浪費時間。

貧民與貴族永遠不可能走到一起，地位不同、身分不同，對事物的看法自然也不相同。醫生中也分貧民與貴族，出身普通醫院的趙燁屬於貧民階層，而那些師從名醫的傢伙自然是貴族。

在座的這些貴族博士生、研究生們開始了相互攀談交流。雖然他們在競爭最佳新人上是敵人，可現在他們是朋友，能坐下來交流的機會不是年年都有，他們需要借著這個機會交朋友，發展人脈為以後事業的發展做鋪墊。

貧民實習醫生趙燁算起來應該是最貴族的醫生，他真正的老師是李傑，李傑的另一個名號叫做醫聖。

國內最頂尖的傢伙都知道李傑的名號代表著什麼，那是一段傳奇，一生中從未經歷過失敗的醫生。

趙燁在他那裏學到了很多神奇的醫術，那些都是受益一生東西，然而趙燁覺得那超人的醫術並不是最重要的，他從李傑那學到的最重要的是精神。

努力拚搏與不輕言放棄，與命運抗爭的精神！

「我的天賦不可能是這個世界最好的，但我的醫術絕對是最強的，因為我是最努力的那個！」李傑曾經這樣對趙燁說。

努力練習才是成為名醫的唯一途徑，趙燁從宴會上半路跑掉正是跑去做每日的練習。每天固定的練習，趙燁從來不曾間斷，哪怕是參加這個隆輝製藥的醫學討論會。

各種類型的手術刀，各種各樣的水果，手術刀就好像趙燁的手指般靈活，他一邊哼著歌，一邊削皮然後吃掉。學習是枯燥的，可趙燁已經習慣了，並且學會了苦中作樂。

宴會還沒結束，但有很多人跟趙燁一樣提前離開了。陸陸續續有人路過趙燁房間的門口，他們都在討論最佳新秀醫生。

「哎，什麼最佳新人，還不是要那幫德高望重的老醫生投票，他們肯定會投票給自己的子弟，或者他那個派系的年輕醫生。」

「就是，還有那個最突出貢獻獎，獎金真是誘人啊！」

「可聽說已經內定了，我們根本沒有機會，還是回去睡覺吧，明天聽說有機會做微創手術，隆輝集團還真是有錢，提供了那麼多豬來給我們做實驗。」

「你知道個屁，那儀器一台好幾百萬，能給你用？你們醫院能買還差不多，我聽說這次哪家醫院採購得多，那個醫院的醫生就能得到最傑出貢獻獎。」

「那這不是變相拿回扣嗎？」

……

趙燁猛地站起來，跑到門口打開房門，他想問問那幾個傢伙，說的到底是不是真的，可他卻連個鬼影子都沒看到。

難道是幻覺？不可能。趙燁讓自己平靜下來，這群人說的不一定是真的，但也不像是空穴來風。趙燁此刻心裏拔涼拔涼的。

如果那群傢伙說的是真的，所有的獎項都是內定的，都是要錢的，那自己不是一點機會都沒有了。

甚至連手術都混不到，更別提學東西了。趙燁覺得不能坐以待斃，不管是真是假，必須想辦法爭取。

「你傻站在門口幹什麼，我剛剛找了你半天，怎麼跑回來也不跟我說一聲。」趙依依從走廊的另一個方向走過來。

「沒什麼，我剛剛聽到走廊有人說話，出來看看。」

趙依依走進屋裏，坐在沙發上長長地舒了一口氣，然後對趙燁說：「你知道隆輝藥業評選的事情了吧？」

「當然知道，我正在想辦法怎麼拿到最佳新人獎，這樣我就可以名正言順地上手術台了，是吧？」

趙依依突然笑了起來，好像看到了什麼珍稀動物一樣。趙燁知道她是在嘲笑自己，於是沒好氣地道：「笑什麼笑，有問題麼？」

「沒什麼，只是你想得太簡單了。不可否認你的技術不錯，可你想拿最佳新秀醫生可不是那麼簡單的。」

「隆輝藥業這次可是下了血本，他們邀請了國內幾乎所有的頂尖醫生。全國排名前十的醫院都派了他們最強的醫生來。」

「如果你爭奪最佳新秀醫生，你的競爭對手可都是博士生，而且他們師從名醫，本身的實力比一般醫院的主治醫生還強！」趙依依發現趙燁面無表情，以爲趙燁灰心了，於是坐到趙燁身邊，用她那豐滿誘人的胸部抵著趙燁的胳膊說：「別灰心，雖然你沒有機會爭奪最佳新秀醫生，可我有機會爭取隆輝醫學獎。你知道我們上次一起做的那個手術還不錯，我今天帶來了那個手術的資料，那些老頭很讚賞，我很有希望，只要我好好表現，你繼續做我的助手，你是我的福將……」

趙燁根本沒注意聽趙依依說了什麼，只是點了點頭，然後說：「我要競爭最佳新秀醫生！」

「你到底有沒有聽明白我的意思，你根本沒有機會，你的實力我最瞭解了。」趙依依對趙燁的頑固有些生氣。

「放心，我會做你的助手。」

「你沒有必要跟那群博士生比，他們比你在醫院裏至少多待了五年，而且他們能師從名醫，自然都是頂尖角色。你又何必逞強呢？」

「口渴了吧，吃個蘋果。」趙燁在趙依依說話的時候又削了個蘋果。

趙依依氣得七竅生煙，根本不接蘋果：「真搞不懂你到底想幹什麼，你又沒有機會取勝，爲什麼還要去參加呢，不如集中精力來幫我。」

趙燁咬了一口蘋果，淡淡地說：「放心吧，我能勝任你的助手，也會取得最佳新秀醫生的稱號。」

「新秀醫生評選沒那麼簡單，要在眾位名醫的觀摩下參與幾台手術，作出評估後，還要完成論文報告。你之前又沒有準備，怎麼可能在短時間內搞定這麼多？」

「吃番茄麼？」趙燁又非常變態地將番茄的皮給削了。

「不跟你說話了！」趙依依氣呼呼地走回了自己的房間，留下趙燁一個人在那啃完蘋果，又吃番茄。

趙燁一向對自己的實力很有信心，但有信心不是盲目自信。他整了整褶皺的衣服，瞇著眼睛微笑著，喃喃自語道：「實力不行就用計謀，打不過就智取！這最佳新秀醫生的稱號我要定了！」

西醫的真正含義並不是字面上的西方醫學，真正的可以解釋爲近代醫學，其中並沒有什麼西方人與東方人的區別。

中國的近代醫學起步較晚，然而在某些方面的成就卻不差。這要感謝那些傑出的醫生放棄優越的生活爲國獻身。

這些近代醫學的奠基人不僅有著無比的愛國熱情，更有高超的醫術，年輕醫生們將他們視爲偶像，以能夠成爲他們的學生爲榮。

漸漸的醫生也有了派系，在手術與看病方面都有了自己的特點，比如著名的外科專家裘老的門人，擅長肝膽外科，手術以精準快速見長！

從老一輩的醫生傳到現在經歷了數代，然而年輕的醫生們今日卻因師出同門而聚集在一起，滿臉的虔誠，卻心懷鬼胎。其他的醫生也以各種理由組成了小圈子，漸漸的，年輕的醫生們分成了不同的小圈子。

團結有時候就是力量，那些沒有任何強大勢力可以依靠的傢伙們，各自心懷鬼胎的聚集在了一起，相互抱團取暖。

有個別的醫生開始迷茫的發現自己不屬於任何的圈子，似乎成了孤家寡人，趙燁就屬於這一類迷茫的。

他依舊是孤家寡人一個，趙燁不屑於跟那群人爲伍，在只有一個勝利者的情況下，所謂的團結並不是力量，相反地，鉤心鬥角會成爲羈絆。

趙燁每天依舊早起唱醫藥賦，當然還是用他純偶像派的嗓門。然後就做著削蘋果等各種變態的練習，淡然的趙燁讓趙依依以爲他放棄了，爲此她還偷偷地高興了一下。

「今天有個教學手術，主刀的醫生是H省協和醫院心胸外科的宋主任，師從宋曉峰院士。當然他老人家是不參加你們最佳新秀醫生競爭的。」

「但他的師弟，同樣師從宋曉峰院士的在讀博士徐強要跟你們競爭。這場手術這位在讀博士擔任第一助手，名義上是第一助手，實際上這手術就是兩個人一起做。這樣的人參加手術，你覺得自己還有希望獲得最佳新秀醫生麼？」趙依依悠閒地喝著咖啡，還不忘打擊一下趙燁。

「哎，我不敢去看啊，害怕看到他們高超的技術被打擊得信心全無啊。」趙燁作出一副可憐兮兮的模樣。

「哼，我知道你不相信，你去看看就明白了。那手術我就不陪你去看了，我還有重要的事情去辦。」趙依依沒好氣地道，她怎麼也不明白，趙燁爲什麼這麼固執，明明知道失敗也要去嘗試。

匆匆吃完早飯，趙燁直接跑到協和醫院，協和屬於特級醫院。這樣省會城市的特級醫院自然比趙燁那小地方的長天大學附屬醫院好很多，無論是醫院規劃，還是醫療水準。

趙燁對此深有感觸，起碼這次他的白大褂得以倖免，沒有變成非主流小風衣。趙燁不喜歡將白大褂扣起來，他喜歡的是將白大褂當成風衣穿，或許是不扣鈕扣的原因，他習慣了這樣寬鬆的感覺。

從電梯出來後，趙燁在手術記錄版上找到了手術室的位置，然後加快腳步走進手術室的觀摩台。

趙燁足足提前一個小時來觀看手術，爲的就是搶個好位置。可當他走進觀摩台的時候，發現這裏只剩下後面零星幾個空位了。

趙燁不想坐在後面，因爲距離太遠視線太差了。於是他只能站在邊上靠在不銹鋼扶手上，雖然不能坐著，但能清楚地看到手術過程。

手術記錄板上寫的是「冠狀動脈搭橋術」，趙燁對這手術很熟悉。心臟手術的難度是各類手術中頂尖的，而搭橋術則是成熟醫生與普通醫生的分界線。

心臟手術是趙燁最熱衷的一項，他非常迫切地想知道，自己與頂尖醫生到底有多大的差距。

雖然他嘴裏不停說要競爭最佳新秀醫生，實際上趙燁把握並不大。他只想嘗試，想知道盡了全力的自己到底有多高水準。

「這不是實習醫生趙燁麼，怎麼跑來看手術了？我聽說你最近的興趣在削蘋果上啊，我還想你怎麼不玩手術刀玩到蘋果上去了。聽說還削得不錯，難道要去改行賣水果？」趙燁不用回頭都知道這噁心的聲音必定來自王超，只是他沒想到王超這眼高於頂的傢伙也來觀摩手術。

王超昨天被趙燁捉弄了以後，氣惱不已，回去後又發現手被趙燁用信號筆劃得根本洗不掉，可在大庭廣眾之下尋仇讓人笑話的還是他自己，於是王超也只能寄希望於在口頭上找回面子。

「這不是王超博士麼，我就猜你今天會來看這台心臟修補手術。」趙燁也不惱怒，轉過身淡淡地說。

「還心臟修補，虧你還是個醫生，這麼不專業，你連手術名字都不知道還來幹什麼，真是讓人笑掉大牙。」王超嘲笑著趙燁，卻沒明白趙燁的意思。反而是他身邊的一位醫生聽明白了，小聲提醒道：「他這是罵你的，說你缺心眼呢！」

王超這才明白過來，昨日趙燁諷刺他九全之相只有心智不全，今天故意說成心臟修補又罵他缺心眼。

「臭小子你等著瞧！」

說狠話是弱者經常幹的事，失敗以後他們總會如瘋狗一般留下某種報復性語言。趙燁對此已經習慣了，根本不理會他，王超這類人只會欺軟怕硬，不能真把他怎麼樣。

不知不覺間手術觀摩室擠滿了人，甚至連趙燁身邊都站了人。然而手術並沒有立刻開始，一直到規定的時間，護士才將病人推進來，麻醉師進行麻醉。

「三支冠狀動脈搭橋術，你覺得他們應該用多久完成這個手術？」聲音聽起來很美，猶如天籟，似乎是個美女。

可惜趙燁根本不在乎站在身邊那人的相貌，頭也不抬，不耐煩地回答：「不知道。」

「這手術有點難度，估計得一個半小時。」女孩靜靜地說。

一個半小時如果傳到其他醫生的耳中，肯定會以爲說這話的人瘋了，因爲這手術不是有點難度，而是很難。標準時間應該是兩個半小時，如果能提前一個小時完成手術的人絕對是高手中的高手。

趙燁剛剛雖然回答不知道，但他按照常規方法估計的時間也是一個半小時左右。聽到有人跟他估算的時間一樣，趙燁轉過頭去，重視起這女孩。

「不信麼？」當趙燁轉過來的時候看到一個比聲音更美的臉龐。唯一可惜的是她鼻樑上的黑色塑膠框眼鏡將她美麗的面容遮蓋了，同時她亂糟糟的微微翹起的頭髮讓她美感全無。

「不是，我只是想說，我估計的時間在四十五分鐘至一小時四十五分鐘之間。」

「你這是在耍賴哦，時間跨度這麼大，怎麼都會猜中的。」不知名的女醫生推了推眼鏡歪著腦袋說。

趙燁笑了笑並不答話，因爲手術開始了。

術前準備進行得很快，在墨綠色手術衣的包裹下，人們看不清術者的面目，無影燈聚焦下，手術刀劃破皮膚，鮮血汩汩而出。

無影燈聚焦下，助手用吸引器與紗布將鮮血清除乾淨，主刀醫生的手術刀將皮膚完全分離開來。

此刻如果僅看用手術刀的水準，術者不如趙燁的刀快，更不如他的刀準，可在一台手術中，手術刀並不代表一切，更加複雜更加需要技術的操作還在後面。

觀摩室中醫生們都不是泛泛之輩，他們開始就手術的內容討論起來，然而趙燁卻安靜得猶如一潭死水。他俯身在不銹鋼扶手上，身體微微前傾，雙手在胸前並不明顯地動著。

趙燁跟隨醫聖李傑學醫之前，對手術的瞭解都是從錄影上看到的，那個時候他除了進行動物手術，以及在實驗室的屍體上進行練習以外，做的最多的就是閉著眼睛想像。

他閉著眼睛想像自己站在手術台前，是自己在做手術，自己虛構病情，虛構手術室，虛構手術刀。

漸漸的他養成了這種習慣，或者說是一項特殊能力。他能夠模擬眼前的手術，將自己想像成手術中的主刀醫生。

在腦海中模擬手術是一種鍛煉，是對手術能力的鍛煉。這需要對人體結構無比熟悉，需要對手術本身理解得非常透徹。

就好像下盲棋的高手，需要無比的計算能力以及超強的棋力，非超級高手不行。腦海中模擬手術也一樣。

趙燁在觀摩台上進行腦海中的模擬手術，而台下正進行著真正的手術。相同的手術，相同的患者，同時進行，趙燁想知道自己引以爲傲的手術能力與師從名醫的博士生相比相差多少。

中低溫全身麻醉，心臟注射肝素，保持血壓正常，心急保護溶液注射，在腦海中幻想的手術中，趙燁在開始階段的動作要比觀摩台下的人快一點點，但這畢竟是基礎操作，拉不開什麼距離，真正決定手術快慢的是後面最重要的部位——心臟上的操作。

雖說在手術中時間並不能決定一切，手術中的細微操作更加重要。可在手術操作無可挑剔的情況下，時間越短對病人的損傷越小，時間越短，代表著術者的實力越強。

台下正在進行的冠狀動脈搭橋術，適用於多條冠裝動脈阻塞嚴重或血供非常不足時，進行冠狀動脈旁路移植術或心臟旁路手術。

按照簡單的說法就是血管病變了，從其他地方移植一條血管來替代病變的血管供血。這位患者情況比較複雜，他是三支血管病變，病變的範圍非常大，手術操作起來也麻煩得多。

不知不覺手術進行了七分鐘。

趙燁的雙手在胸前變幻著各種奇怪的動作，猶如佛家變幻莫測的密宗手印。手術的難度很高，在趙燁腦海中的模擬手術已經進行了百分之十五，而台下卻剛剛切開心包膜，暴露出不停跳動的心臟，差距越拉越大，趙燁信心越來越足。

突然觀摩台上的醫生們發出陣陣驚呼，很多醫生甚至激動地站起來，好像瘋狂的球迷看到他們喜歡的球星進球了一般。他們目不轉睛地盯著手術台，臉上寫滿了驚訝與興奮。

「心臟不停跳的三支冠狀動脈搭橋術，實在是太瘋狂了。」不知道哪位醫生驚歎道。

「宋曉峰院士的弟子都有這樣的技術，恐怕這次最佳新秀醫生的獎項必定屬於下面那位叫徐強的醫生了。」

……

隨著手術的進行，觀摩台上更加熱鬧了，然而這一切似乎都與趙燁無關，他的耳朵似乎天生對雜音有遮罩的作用，即使周圍猶如菜市場一般吵鬧，他也可以充耳不聞，專心致志地做自己的事情。

站在趙熚身邊的眼鏡女生則吃驚地看著手術台，她做夢也想不到術者選擇在心臟跳動的情況下完成這項手術。

大多數的心臟手術需要借助體外循環機進行血液循環，畢竟要在人類最脆弱的器官之一——心臟上進行手術。

跳躍的心臟會給手術操作帶來非常大的麻煩，也會帶來很多未知的因素。

眼前的心臟不停跳三支冠狀動脈搭橋術不同於其他心臟手術，病人不必借助體外循環機進行血液循環，而是在心臟繼續跳動的情況下展開手術，這樣對病人的體內環境干擾小，也進一步降低了手術的副作用，同時也節省了很多時間。

可保持心臟不停跳在心臟上進行手術的難度可以用變態來形容，沒有人會想到在這裏能夠看到這樣超高難度的手術。

眼鏡女孩覺得自己預言的一個半小時雖然是錯誤的，但也無可厚非。畢竟其他人也不會比自己強，多半沒有人知道這個手術最多用一個小時就可以完成！

自我感覺良好的狀態並沒有持續多久，眼鏡女孩突然想起趙熚那戲謔的預言，四十五分鐘到一小時四十五分鐘。

她此刻才明白這預言的真正含義。手術有兩種方法，保持心臟跳動與借助體外循環機讓心臟停止跳動。

如果是在保持心臟跳動的情況下手術，那麼手術應該在四十五分鐘左右，如果借助體外循環機進行血液循環，那麼手術時間應該在一小時四十五分鐘左右。

趙燁看似不經意的預言是正確的，她不可置信地看著趙燁，怎麼也想不明白，這個實習醫生怎麼能預言得這麼準確，難道他知道內幕消息？

完全沉寂在模擬手術中的趙燁已經進行到了切開心包的階段，正在準備進行心臟上面的操作。手術進行了十分鐘，趙燁的模擬手術在速度上領先了台下實際操作兩分鐘。

趙燁對眼鏡女孩說的是，手術有可能在四十五分鐘完成，他後面其實還有一句話沒有說出來，這手術的極限是四十分鐘。

如果由趙燁來主刀，並且配備一流的助手，突破四十分鐘也不是不可能。

有的時候迷信也是可以用科學來解釋的，例如算命高手多半是心理學的高手，或者是擁有長遠目光的人。

他們所謂的掐指一算不過是障眼法，用以迷惑的小伎倆。

趙燁看似玩笑的預言能夠實現的原因，是他看清了本質，並不是掐指一算得出的結論。在觀摩台上同時進行「手術」的趙燁，要比下面的速度快一些。當然他採取的辦法也是保持心臟不停跳。在人體上真的心臟不停跳手術趙燁從來沒做過，其中的難度趙燁自己也把握不好，畢竟人跟動物是不一樣。

冠狀動脈旁路手術是一項心臟開放性手術。手術分兩部分同時進行，一爲心臟本身的手術，這很容易理解；第二部分爲腿部旁路血管的取材手術，做心臟搭橋就是重新建立一條血管通路，即建立旁路血管，橋接在冠狀動脈阻塞區域的上方，使心肌恢復血液供應。建立另一條通路就需要取一條血管，最佳的取材位置就是大腿的血管。

觀摩手術的醫生們已經不在乎手術細微的操作了，他們只關心結果，關心這個保持心臟跳動的手術能不能成功。

趙燁關心的是如果換成自己來做這個手術，能夠在時間上領先下面手術台上的人多少，又能夠在品質上比下面的人強多少。

他身邊的眼鏡女孩關心的則是，趙燁怎麼有如此神奇的預言。

「嘿，你是不是知道內幕消息，你怎麼能猜的那麼準確？」

「我亂猜的。」趙燁沒好氣地道，他本來在好好地模擬手術卻被眼鏡女孩無故打斷。

「我說也是麼，你怎麼可能想到保持心臟跳動來做三支冠狀動脈搭橋術呢？這手術這麼難，這麼前衛，我都沒想到。」眼鏡女孩的反應讓趙燁抓狂。

趙燁打算繼續模擬手術，可眼鏡女孩似乎還不想放過他：「你是個實習醫生吧，這手術你一定是第一次看到，讓我來告訴你這手術的難點吧，如果你不清楚也可以問我哦，我這麼好的人可不常見哦。」

她推了推眼鏡，也不管趙燁不耐煩的樣子，繼續說：「心臟不停跳的三支冠狀動脈搭橋手術，國內只有不超過二十個人能獨立完成。今天你能有幸見到這樣的手術，算是非常好運了。這手術最難的地方在血管的縫合上……」

「不超過二十人能完成？」趙燁驚訝地問道。

「當然了，這還是我估計出來的數字，我老師曾經說過心臟外科的手術有一道分水嶺，就是這個手術，能夠完成心臟不停跳的冠狀動脈搭橋術，就代表著進入了另一個境界。」

「分水嶺？二十個人？」趙燁不敢相信眼鏡女孩的話，他很想說心臟不停跳的冠狀動脈搭橋術並不困難，當然他忍住了沒說出來，他如果說出來恐怕會被當成傻瓜嘲笑，當成不知天高地厚的白癡。

「能夠讓心臟不停跳的冠狀動脈搭橋術就代表著進入了另一個境界。」說者無意聽者有心，趙燁虎軀一震，暗自高興起來，他確信自己能夠完成這種手術，難道自己也踏入了另一個境界？

「哎，這手術可讓下面的傢伙成名了，最佳新人獎看來是這個徐強的了。」眼鏡女孩的話中有些失落。

「你也想競爭最佳新秀醫生？」

「什麼叫我也想，我本來就是最有力的競爭者，徐強還要排在我後面呢。」眼鏡女孩推了推眼鏡爭辯道。

「不過，他這招先聲奪人真是厲害，雖然他只是個助手，可這手術卻能給那些老傢伙們留下非常好的印象，現在徐強才是最大的熱門了。」

趙燁這才明白過來，自己剛剛過於專注技術本身而忘了外界因素。他現在的目的不僅僅是學習醫術，他還要想辦法取得最佳新秀醫生的稱號。

在下面手術的主刀跟第一助手都是師從宋曉峰院士的，兩人是師兄弟，其中擔任第一助手的徐強是最佳新秀醫生的有力競爭者。

最佳新秀醫生是通過評委討論投票選出來的，評選的機制類似於奧運會中的跳水運動，評委給誰的分高，誰就是冠軍。

評分機制中印象分非常重要，在這一點上徐強無疑占了先機，本身實力不俗的他在經歷了這台高難度的手術以後聲望會達到頂點，他也搖身一變，從有力競爭者變成奪魁的大熱門。

自古文無第一，武無第二。孰強孰弱本來就是個模糊的概念，在水準差不多的情況下勝利的一般是那些有名氣的，聲望這個時候很重要。趙煒雖然意識到了這點，論實力他比那群名醫指導的弟子們並不弱，可在聲望上他卻很吃虧，特別是他實習醫生的身分跟那些博士生相比更是差距。

想要拿到最佳新秀醫生，他必須動動腦筋，想想其他辦法。

最佳新秀醫生的名號是每個年輕醫生都渴望的，然而這台手術讓他們見到了差距，失去競爭的信心，當然也有少數人跟趙煒一樣，覺得這競爭更好玩了！

「嘿！眼鏡妹妹，你既然對最佳新秀醫生志在必得，那你什麼時候做公開手術啊？」

眼鏡女孩推了推那厚重的眼鏡框，義正詞嚴地對趙煒說：「我可不是眼鏡妹妹，而且我比你大……」

「行了，叫你宇宙超級無敵美少女總滿意了吧。眼鏡美少女，你難道不想做一場公開手術麼？雖然失去先機，然而亡羊補牢也不算晚。」

「沒錯，我必須重新準備手術。啊，沒有時間了，我之前準備的那個手術現在根本拿不出手。我應該怎麼辦呢，怎麼辦……到底做什麼手術呢。」

眼鏡女孩抱著腦袋一副抓狂的樣子，沒一會兒她就恢復了正常，推了推那副根本不適合她的大黑框眼鏡說：「你這麼關心我做什麼，難道你已經準備好了麼？」

「當然，我早就準備好了，我的手術要比下面這台好很多。」趙燁信心十足地說。

「啊，你怎麼什麼都準備好了？你能確定你的手術不會被這台心臟不停跳的三支冠狀動脈搭橋術的光芒所掩蓋麼？」

「嗯，當然了，這都不是問題，我現在需要的是一名能力超強的助手，特別是神經外科專家，只要找到助手，我就可以立刻開始手術。」

趙燁的話讓眼鏡女孩眼前一亮，她高興地舉手對趙燁說：「我啊，我啊，你找我啊。我主修神經外科跟整形外科，我可以跟你一起完成手術啊。」

趙燁仔細打量了她一會兒，瞇著眼睛微笑道：「不好吧，我跟你又不熟悉，憑什麼要帶著你手術啊？」

「我可是超好的助手啊，保證完成你交代下來的所有任務。」眼鏡妹妹有些著急，「算我一個吧，不用我當助手你會後悔的。」

「助手有很多啊，我帶你做手術，你總要意思意思，拿些東西來交換吧。」

「嗯，大不了我下次手術也帶你。」

「一言為定，下次你有什麼好事情不能丟下我。」

看到眼鏡女孩點了頭，趙燁眯著眼睛微笑著繼續說：「好吧，看你這麼誠心，就以我們合作的名義來完成一台手術，不過所有的一切你都要聽我的。」

「沒問題，到底是什麼手術啊？」眼鏡女孩已經迫不及待了。

「別著急，下面的手術還沒完成，到了最精彩的地方，等一會兒我帶你去看我的病人。」趙燁不緊不慢地打著哈欠，繼續說：「我叫趙燁，眼鏡美少女你叫什麼？」

「手術已經進入收尾階段了，還有什麼好看的，你如果想看，等有機會我教你，你自己縫給自己看，快點去看病人吧。」眼鏡女孩有些不耐煩，並且對自己的名字隻字不提。

「那我就繼續叫你眼鏡妹妹。」眼鏡女孩越是不說，趙燁越是對她的名字有興趣。

「你可以叫我多多。」

「多多，那你給我講講這次評選的規則。」

「規則，規則很簡單啊，簡要地說就是考察科研水準，同時要求有良好的臨床能力。最後還要求有創新能力，快速學習能力。」

「快速學習能力，創新能力？」

「很簡單了，還不是隆輝公司爲了賣他們的東西，主要是一些微創手術器械，在國內還算新鮮。可那東西我在國外已經學過很多年了，根本不用擔心。」

她不擔心，趙燁卻憂心忡忡，那玩意他可從來沒玩過……

「走了，我們去找病人。」趙燁很快從陰影中走出來，船到橋頭自然直，想那麼遠也沒用，不如先做好眼前的事情。

看著趙燁笑嘻嘻的臉，多多很高興，然而她卻不知道趙燁手裏根本沒什麼病人，更別說找出一台經典的手術病例了。

實際上他是在空手套白狼，或者叫空手套助手，不過趙燁並不擔心，在協和醫院有很多病人，轉一圈就能找到合適的手術。

趙燁也是沒辦法，手術不是一個人能做的。他需要有人幫忙，特別是這種有實力的傢伙。

很多同行看不懂他們的龍頭老大隆輝藥業的意圖，在全球經濟不景氣的今天，他們爲什麼要下血本，頻頻投資這種看似無底洞而又毫無作用的醫學交流會。

很多醫藥公司的經理都覺得，賣藥最簡單最實用的方法就是送錢給回扣，給醫生回扣越多，他們自然越樂意幫忙。

隆輝藥業的總經理卻對此不屑一顧，他的目光要長遠得多，並且有著自己的打算，他想建立的是一個龐大的醫藥帝國，他要與那些醫院建立起牢固的合作關係。

他與那些小醫藥公司經理的區別不僅僅在於他那上千萬薪水，而那群人拿幾十萬。他覺得自己與他們最大的區別在於頭腦以及戰略眼光！

醫藥公司是科技公司，賣的是知識，靠給醫生回扣來開拓市場不是長遠之計，只有掌握最頂尖的技術，才有主導權，才是最好的辦法。只有形成絕對的技術優勢，才能真正掌控市場。

醫與藥兩者在國內是一家人，隆輝需要醫生的支持，爲了拉攏醫生，他們投其所好，開辦研討會。

頂尖的醫生並不缺錢，但同很多文人一樣，他們喜歡名望，雖然說那東西如浮雲般虛無縹緲。

研討會給了那些醫生名利，同時也將自己的產品賣了出去，這也算雙贏了。在這一點上隆輝公司可謂用心良苦。

最佳新秀醫生的虛名，讓那群未來的名醫們開始奔波，每個人都有各自不同的出發點。趙燁沒什麼遠大的目標，他只想得到個名號，然後就可以名正言順地做手術，當然是做他喜歡的手術。

協和醫院裏，趙燁依然穿著沒有鈕扣的白大褂，他身後那個叫多多的女孩，大大的黑框眼鏡與微微翹起的頭髮，讓她看起來像個卡通人物。

協和醫院跟隆輝藥業達成了協定，各位來參加研討會的醫生在醫院內有住院醫生的資格，當然趙燁這樣的實習醫生沒有。

傻傻的多多根本不知道，趙燁是在利用她的身分在醫院裏尋找病人。當然趙燁也是沒有辦法，誰讓他是個實習醫生呢。

「病人在哪呢？」

「等等。」趙燁埋身於大堆的病例中，一個個挑選著，帶著大眼鏡的多多則站在一旁，不停地催促。

不知道找了多少本病例，趙燁終於發現了目標，他將病例遞給多多，站起來說：「走了，去看看病人，就是這個三十二床的病人。」

「快走，快走。不對，先把病例給我看看，到底是什麼病人。」多多推了推那厚重的眼鏡，迫不及待地將趙燁手中的病例搶了過來。

病例是記錄病人進入醫院後病情發展以及治療的過程，是瞭解病人情況最直接的手段之一。

多多翻開病例，直接愣住了，不敢相信地拍了拍趙燁的肩膀說：「你確定是這個手術？沒搞錯吧，它也太難了一點吧。」

趙燁把病例搶過來看了看，撇了撇嘴不屑地說：「嗯，就是這個，手術的確挺難。我們怎麼才能說服患者家屬將病人交給我們呢？」

多多雙手抱著腦袋，感覺要瘋了，她跑到趙燁面前，幾乎將病例貼在趙燁的臉上，然後氣鼓鼓地說：「你有沒有搞錯啊，患者臂叢神經內腫瘤，我沒有百分之百的把握啊。」

趙燁整了整衣領，眯著眼睛微笑道：「放心，你自己不行還有我呢，這個手術我有把握。」

多多半信半疑，她對最佳新人獎無比渴望，但卻不希望用這種賭博的方式。她雖然擅長神經外科手術，可這個手術她並沒有百分百的把握，萬一手術失敗了，可就不僅僅是得不到獎勵，她的職業生涯都可能毀在這裏。

「沒有你想得那麼難，去看看病人吧。」趙燁將病例搶了回來，夾在胳膊下，繼續說道：「你難道不想獲得最佳新秀醫生的稱號麼？」

「當然想，但我不想用賭博的方式。」

「賭博？人生無時無刻不在賭博。外科手術最難的就是心臟手術和神經外科手術。如今已經有人做了心胸外科的公開手術，我們不可能再跟著他們。唯一的選擇就是這個神經外科手術。只有這個手術才能讓我們脫穎而出。你不用擔心，這病人的情況沒有我們想像得那麼困難。」

病房內的患者並不知道他已經成了年輕醫生們爭取的對象，此刻他正高興地看著電視節目。

臂叢神經內腫瘤的症狀並不明顯，只是偶爾會有手臂痙攣。症狀看似很輕，但發作的時間不能確定，對工作和生活都非常不便。

趙燁與多多來到病人面前時，他還在納悶，怎麼自己這麼輕的病竟然有兩個醫生來關心自己。

「難道我的病情嚴重了？」患者開始擔心自己的病情。因為在他的印象中，醫生關心患者的情況只有兩種，第一種是患者有錢有勢，其次就是患者病情嚴重了，他沒錢沒勢，只能是第二種情況。

「放心，你的病沒問題，只是我們醫院來了非常優秀的教授。我們打算瞭解一下您的病情，看看能不能將您推薦給那位有名的教授做手術。總而言之，你非常幸運，你的病可以治好了。」趙燁一邊安慰病人，一邊看著病人的CT掃描、核磁共振等檢查資料。

臂叢神經群有大量的分支，每個分支都支配著不同的器官組織。因此臂叢神經內的手術非常困難，醫者需要擁有精湛的技術，因爲任何一個神經的破壞，帶來的損傷都是無法接受的。

多多原本擔心患者的病情很嚴重，手術起來很複雜。可現在她也放心了許多。根據資料，眼前這個患者如果進行手術並不是很困難，起碼沒有多多開始想的那麼困難。

多多將之前的憂慮一掃而光，高興起來，她推了推厚重的黑框眼鏡，認真對患者說：「根據剛剛我們的判斷，給您做手術沒問題，我們完全有把握將您的手治好。」

患者終於從恐懼中恢復過來，或許是從地獄到天堂的落差太大了，患者在絕望中得到了希望，這讓他格外關心這次手術。

「保證能治好麼，會不會出現意外？例如損傷神經，有醫生跟我說這手術很危險啊，似乎最嚴重的可能性是手臂癱瘓。」

只要是手術就有可能出現意外，即使是做了一輩子手術從來沒有失敗過的名醫，也不能保證自己下一個手術不會失敗。

因爲世界上沒有絕對的東西，這就好像有人喝水都可能嗆死，只是機率的大小而已。趙燁不敢對患者保證，多多更不敢對患者保證。

「絕對不會失敗，我保證！」這句話不是趙燁說的，更不會出自膽小的多多之口。整個病房的人都向著這個聲音傳來的方向望去。

那是一老一少的醫生組合，年輕的那個正是處處給趙燁找麻煩，卻被趙燁玩得很慘的王超，老年醫生則從來沒見過。

「你真的能保證？」患者試探著問道。

「當然，這位是我的老師，鼎鼎大名的神經外科醫生，保證你能健康恢復。」

趙燁本來以爲，只有傻瓜才敢應承百分百成功，而且只有王超是那種傻瓜。他萬萬沒想到，王超身邊那位老醫生竟然對王超的話深表贊同，甚至對王超的馬屁表現出一種非常享受的樣子。

「你們有沒有搞錯啊，這病人已經答應我了，你們如果想找病人，請去其他病房。」多多推了推那快掉下來的眼鏡，她對這種搶病人的無恥勾當無比憤怒。

「患者似乎還沒答應你。」王超猥瑣地笑著，然後轉過頭對患者說：「你覺得怎麼樣，我的老師可是頂尖的外科專家，如果你同意做手術，我們可以立刻安排病房。可以簽訂協議，保證手術成功。」

患者不知道自己怎麼就成了搶手貨，先打量了王超和他的老師一番，再看了看趙燁跟多多。

天平終於傾向了王超一側，因爲趙燁那風衣似的白大褂和帶著黑框眼鏡頭髮微微翹起的多多，實在不像是值得信賴的醫生。

「真的可以簽訂協議麼？」

患者的背叛讓多多很是氣惱，如果不是趙燁拉著她，恐怕她就要衝上去將那患者咬死了。

趙燁一改往日火爆的脾氣，連拖帶拉地將憤怒的多多弄出病房，甚至距離那病房很遠了他還不敢放手。

「放開我，我要回去教訓那個混蛋，我要咬死他！」多多擺出一副拚命的架勢。

「別啊，我們還要手術呢，沒了病人，我們就再去找一個麼。啊！鬆口！」趙燁正在安慰多多，卻沒想到多多竟然一口咬住了趙燁的胳膊，人類最原始的武器就是牙齒，多多細小潔白的牙齒深深陷入趙燁的胳膊，吃痛的趙燁只能放開她。

「少騙人，病人都讓人搶走了，我們還手術什麼，我去咬死他們！」多多推了推她的黑框眼鏡，依然一副不依不饒的架勢。

趙燁胳膊上被咬的傷勢並不嚴重，只有一小排牙齒的痕跡卻感覺很痛。他顧不得疼痛，變魔術般從身後拿出一本病例。

「看這個，這個才是我們真正的病人。放心吧，一切盡在掌握之中，我早就知道那個病人會被搶走了。」趙燁說的是真話，只是沒想到這麼快就有人過來搶而已。

多多迷茫地打開趙燁手中的病例，大略看了一眼，立刻高興地歡呼起來：「你真是太聰明了，太壞了，竟然把最好的病人給藏起來了，我真是太喜歡你了。」

「聰明？壞？喜歡我？什麼亂七八糟的。你只要別再咬我就謝天謝地了。」趙燁揉著胳膊說道。

協和醫院的病人成了稀缺資源，他們驚奇地發現，這個醫院突然出現了如此多的名醫，然後又發現困擾自己的病原來是如此的簡單。

現代醫學發展迅速，很多疾病並不是不能治療，而是需要技術高超的名醫來治療。

趙燁在多多面前變魔術般拿出了一本病例，這病例屬於一位腦瘤患者，確切地說是腦幹血管細胞瘤。

大腦是人體的司令部，掌管著全身的所有活動，腦幹則是生命中樞，上承大腦半球，下連脊髓，由延髓、橋腦、中腦三部分組成。

腦幹的結構相當複雜，方寸之間，密佈著許多重要的神經核團和發出支配周圍器官的十對顱神經，並且密集著上、下行神經傳導通路，是重要的咽喉要道。

腦幹周圍的血管眾多，縱橫交錯，像電網一樣密集，任何一根血管受損都會造成嚴重的後果。

腦幹的生理功能極其重要，控制著人的呼吸、心跳、血壓、意識等基本生命功能，它也是大腦上傳下達的必經之路，被稱爲神經中樞之「中樞」、腦中之腦。

此刻的王超還在爲搶到一台好手術而沾沾自喜，特別是從仇人趙燁手中搶到手術，不僅獲得了一台好手術，更是報了一箭之仇，他並不知道趙燁早有準備，手裏還有更好的病人。

多多瞪著大眼睛，歪著腦袋看了兩遍病例，然後一臉愁苦地將病例丟給趙燁：「你真是太壞了，這個病人才是最適合上手術台的。我一直都想要這樣的手術，跟這台手術比起來，被王超搶去的那台臂叢神經內的腫瘤根本算不上什麼。」

「拜託，我可是好人，好人你懂麼，真正的大好人。」趙燁整了整衣領，瞇著眼睛微笑道：「好人都是做好事的，走，跟我來吧。」

「去哪？難道我們不先去看病人麼？」

「馬上你就知道了。」趙燁故作神秘地道。

心臟不停跳的三支冠狀動脈搭橋術獲得了巨大成功，第一助手徐強得到了各位名醫的高度讚賞，一台手術將他抬到了前所未有的高度，讓他從眾多優秀的年輕醫生中脫穎而出，成爲最佳新秀醫生的大熱。

看到了巨大的成功，其他醫生紛紛效仿，於是協和醫院裏到處都是白大褂，可這群醫生突然發現，平時不喜歡病人的時候，總是有無數病人來煩自己。現在想要找病人了，卻怎麼也找不到合適的。

因爲人人都知道，想要做出跟那台心臟不停跳的三支冠狀動脈搭橋術相同等級的手術，只能來神經外科，找出高難度手術。畢竟新人醫生實力有限，不可能在心臟手術上超越心臟不停跳的三支冠狀動脈搭橋術的難度。

於是護士站存放病例的地方，擠滿了穿著白大褂的年輕面孔，他們激烈地爭吵，相互推搡。在這群人中有個比較特別的身影，他沒有加入爭奪病例的行列，而是遠遠地站著，雙手放在白大褂的口袋裏，瞇著眼睛微笑著看熱鬧。

「這病例是我先發現的，這病人歸我了。」一位年輕的醫生將病例抱在懷裏，厲聲對眼前的人說道。

可沒人管他說什麼，更不會害怕他故作兇狠的樣子，人群中也不知道是誰伸出手一把將病例搶了過去。有了打頭陣的，自然有人效仿。

病例成了眾人搶奪的目標，一群高學歷的年輕醫生此刻看起來就像幼稚的小孩子，爲了可笑的理由而打架。

趙煒冷眼看著這群爲了病例爭得你死我活的傢伙們，冷笑了兩聲，看準時機，一個箭步衝上去，將病例搶在手裏。

瞬間趙煒變成了眾位醫生仇視的目標，他將病例舉過頭頂，然後瞇著眼睛微笑道：「哎，脊柱內的腫瘤你們都搶成了這樣，這麼破的手術我沒興趣，誰要我就還給誰。」

或許是受到趙煒話語的刺激，眾人一下安靜下來，顧及面子問題沒人再搶奪那本病例。只有少數幾個人有些不服氣，反唇相譏道：「難道你有更好的病例，找出來讓我們看看。」

「好的病例有很多，不過不在這裏，你們知道麼，像這樣的病例，比起那些好的根本拿不出手，如果做了這樣的手術，只能永遠當綠葉，辛辛苦苦做了人家的陪襯。」趙燁說著搖了搖手中的病例夾子。

「說得好像真的一樣，帶我們去看看你說的好病例吧。」

趙燁的挑撥開始起作用了，有人沉不住氣了。他要的就是這個效果，於是他笑得更加猥瑣，那表情讓人看起來就生氣，想上去給他一拳頭。

「嗯，臂叢神經內腫瘤如何，難度堪比三支冠狀動脈搭橋術吧。似乎能與心臟手術相媲美的只有神經外科的手術，而整個協和醫院也只有這台手術了吧。只可惜手術讓人搶去了，而且這手術似乎大家也不能做吧，難度太高了。」

「難度高？這手術我還沒放在眼裏。不知道哪個混蛋先將病人搶走了，告訴我患者在哪裏？」臂叢神經內腫瘤對於年輕醫生來說是個巨大的挑戰，缺少經驗的他們很容易在手術中犯錯誤，然而現在爲了取得最佳新秀醫生的稱號，他們也顧不了那麼多了。

「我不能說啊，說了也沒用。」趙燁表現出一副無奈的樣子，然後繼續道：「手術難度很高，但那搶了這病人的傢伙更難纏，王超你們知道麼？很混蛋的傢伙，家裏實力不小啊。」

王超的大名在年輕醫生中廣爲流傳，他出名不是因爲醫術高超，更不是因爲他的導師多有名。而是因爲他太混蛋，喜歡仗勢欺人，他廣爲流傳的名聲實際上是惡名。

平時沒人願意管閒事，更沒人願意與王超這樣頗有勢力的傢伙作對，可今天不同，涉及自己的利益，即使得罪人也顧不得那麼多了。

當下就有幾個年輕的醫生開始向趙燁打聽具體的情況，趙燁當然很高興給他們指路，他覺得自己好像抗日戰爭時期給日本鬼子指路去踩地雷的老鄉，貌似忠良，實際上一肚子鬼點子。

「你們真要找他搶病人？王超可挺不好對付啊，另外他好像還藏了其他病人，不給我們。如果你拿到了多餘的病例分給我一個如何？」趙燁告訴了那幾個年輕氣盛的醫生基本情況後開口說道。

「放心，王超那傢伙我還沒放在眼裏，他如果有好的病例，絕對會分給你的。」一位年輕的醫生拍著趙燁的肩膀答應道。他似乎對趙燁很友善，可內心裏卻在罵趙燁是個傻瓜，大家都是競爭對手，誰能將病例分給別人呢？

當然他不知道自己在趙燁眼中更是個傻瓜，趙燁瞇著眼睛微笑著目送這群傻瓜浩浩蕩蕩殺向王超所在的病房，此刻趙燁終於放下心，對著角落裏的多多招手示意她過來。

「他們不會打起來吧？」多多有些擔憂道。

「不會的，你放心吧。這下子他們都會去找王超的麻煩，所有的人都會覺得王超將好病例藏了起來，我們這次可以安心地準備手術了。」

多多推了推那快要掉下來的眼鏡點了點頭，她最關心的還是手術本身。對於這樣難度的手術，他們需要大量的時間準備。

如果在準備手術的時候有人打擾，絕對是一件非常痛苦的事。趙燁略施小計，讓所有人都去找王超的麻煩了，而他趙燁拿著最好病例的人，則可以在沒人打擾的情況下，安安心心地準備手術。

腦幹血管瘤的病人住在單人間的豪華房，病人年紀在四十歲上下，精神很不錯，看到兩位醫生進來，還熱情地打招呼。

趙燁跟多多沒有拐彎抹角，直接說明來意，當趙燁準備闡述手術所面臨的風險時，那患者擺了擺手開口道：「不用說了，我都明白，但我不想做手術。」

「如果你不做手術，那腫瘤就會越來越大，首先你會失明，漸漸的你會感覺呼吸困難，然後是劇烈的頭痛，嘔吐……」多多有些著急，她怎麼也想不到這患者居然會拒絕手術。

「我知道，但我不打算做手術。」

「為什麼？」多多無法理解，為什麼一個人面對著死亡還能如此從容，為什麼一個人會拒絕被拯救。

患者靠在病床上，露出淡淡的笑容，靜靜地望著窗外。過了好一會兒，他指著窗外說：「看到那棟最高的建築物了麼，我的公司就在那裏。」

他掙扎著坐直了身體，不等趙燁跟多多回答繼續說：「我十五歲開始工作，二十二歲開始創業，現在我管理著三千人。我看著我的公司一步步長大，猶如我的孩子，現在我病了，剩下的時間不多了，我不能就這麼丟下他不管，我必須找到合適的繼承人。」

「何必找繼承人呢，你完全可以繼續管理你的公司。」沉默了許久的趙燁開口說道。

「不用騙我，我雖然不是醫生卻也瞭解自己的病情，我這腫瘤位置在腦幹，那裏是手術的禁區，根本不能保證手術後我還能醒過來。如果我現在選擇手術，萬一我醒不過來，我的公司怎麼辦？」

「如果你現在不手術，時間拖得太久了，你根本沒有生還的希望。」多多急了，趕忙搶著說道。

患者何嘗不知道這些，可是他不願意看到自己的公司隨著他的倒下而坍塌。那是他一生的心血，是他這輩子最大的成就。

「開顱手術風險很大，但萬事都有風險。你是生意人，做生意也有風險，我想你應該明白。」

趙燁頓了頓繼續說：「人腦是人體最神奇最複雜的地方，而且你的腫瘤位置處於腦幹，腦幹的手術通常是禁區。但禁區不代表著沒有辦法，這個手術同你做生意是相通的，但又不完全相同，做生意是風險越大回報越大，風險是不可避免的。但手術不同，只要技術到位，完全可以將風險降低到最低點。」

「我不敢說有百分百的信心將腫瘤取出來，但我可以保證你完全不用承擔巨大的風險。如果你同意手術，我會將你的大腦打開，找到腫瘤。當然，如果我沒有辦法取出腫瘤，我會將你的大腦閉合。如果能取出來我會繼續手術，你不用擔心在取出腫瘤的時候會傷害到正常的組織，我有一種辦法，即使手術失敗也能讓你以後同健康人一樣。」

腦幹結構複雜，解剖尚不可能；功能重要，生理上不允許；設備落後，技術上不可能，而且理念上不完善，因此腦幹被公認爲手術禁區，是上帝的領域！

敢闖禁區的人，敢於挑戰上帝的人寥寥無幾，面對這樣的手術能夠滿懷信心的更是沒有。

根據檢查能夠確定，患者是血管母細胞瘤。腫瘤的位置位於橋腦、延髓和延頸交界處，通常情況下，腫瘤名稱中的母字代表高度惡性腫瘤。但是，這裏的「母」字意味著腫瘤血管異常豐富，就像造影顯示的一樣，術中一旦出血，就會異常兇猛，很難控制，遠非其他腫瘤手術可比。

這種術中出血是神經外科醫生最頭疼、最棘手的，患者隨時可能心跳、呼吸驟停，下不了手術台，這也是醫生最害怕的事情。

多多一直覺得這手術是巨大的挑戰，對於挑戰她從來不知道畏懼，可對於趙燁這樣的保證卻又有些看不懂。

患者有些心動，似乎想說些什麼卻又欲言又止，明顯他對年輕的趙燁並不信任。可他又心有不甘，不甘心事業上剛剛達到巔峰的他就面臨這樣的痛苦。

「你真的能確定，即使手術失敗我也能醒過來。」

「確切地說不是醒過來，而是你根本不會昏迷。我會用另一種麻醉方法，讓你在清醒的狀態下進行手術。」

「這樣做的目的是在手術的時候，可以對你的神經功能進行測試。這樣就可以保證我不會傷害到你的大腦。」

趙燁的話實在駭人聽聞，清醒著開刀，在清醒的情況下被打開大腦，這讓患者感到無比恐懼。

「你把我腦袋打開的時候我還清醒著，這行麼，難道不會痛？這……」患者有些語無倫次，他完全想像不到自己清醒著讓醫生打開自己的大腦。

「你不會有任何感覺，就跟理髮一樣。到時候我會找人專門給你做各種測試，你會發現很簡單。」

趙燁的話給了患者莫大的希望，雖然這位將白大褂當成風衣穿的傢伙不能完全相信，但他並不覺得趙燁在騙他。

「我想你可以給我仔細講解下手術的方案，如果真的那麼神奇，我會考慮。」

患者雖然這麼說，但趙燁知道這手術已經定下來了，接下來的事情就要靠自己的技術，靠自己的雙手來挑戰手術的禁區，進入上帝的領域。

請續看《醫拯天下》之二　美女名醫

醫拯天下 之一 藝高膽大

作者：趙 奪
發行人：陳曉林
出版所：風雲時代出版股份有限公司
地址：105台北市民生東路五段178號7樓之3
風雲書網：http://www.eastbooks.com.tw
官方部落格：http://eastbooks.pixnet.net/blog
Facebook：http://www.facebook.com/h7560949
信箱：h7560949@ms15.hinet.net
郵撥帳號：12043291
服務專線：(02)27560949
傳真專線：(02)27653799
執行主編：劉宇青
美術編輯：吳宗潔

法律顧問：永然法律事務所 李永然律師
北辰著作權事務所 蕭雄淋律師

版權授權：蔡雷平
初版日期：2014年12月
初版二刷：2014年12月20日
ISBN：978-986-352-106-8

總 經 銷：成信文化事業股份有限公司
地　　址：新北市新店區中正路四維巷二弄2號4樓
電　　話：(02)2219-2080

行政院新聞局局版台業字第3595號 營利事業統一編號22759935

定價：280元　特惠價：199元

國家圖書館出版品預行編目資料

醫拯天下 / 趙奪著. -- 初版. -- 臺北市：風雲時代,
2014.11-冊；　公分

ISBN 978-986-352-106-8 (第1冊：平裝). --

857.7　　103020592